TOME 3
À bord du *Noctambule*

**Catalogage avant publication de Bibliothèque
et Archives nationales du Québec
et Bibliothèque et Archives Canada**

Ramsay, Denis, 1959-
Les chroniques du jeune Houdini
Sommaire : t. 3. À bord du *Noctambule*.
Pour les jeunes.
ISBN 978-2-89585-020-5 (v. 3)
ISBN 978-2-89585-043-4 (v. 3)
1. Houdini, Harry, 1874-1926 - Romans, nouvelles, etc.
pour la jeunesse. I. Titre. II. Titre : À bord du *Noctambule*.
PS8585.A45C47 2009   jC843'.54   C2008-942455-7
PS9585.A45C47 2009

© 2009 Les Éditeurs réunis (LÉR).

Illustration : Jean-Paul Eid
Aide à la recherche : Kathleen Payne

Les Éditeurs réunis bénéficient du soutien financier de la SODEC
et du Programme de crédits d'impôt du gouvernement du Québec.

Nous remercions le Conseil des Arts du Canada
de l'aide accordée à notre programme de publication.

Édition :
LES ÉDITEURS RÉUNIS
www.lesediteursreunis.com

Distribution au Canada :
PROLOGUE
www.prologue.ca

Distribution en Europe :
DNM
www.librairieduquebec.fr

Imprimé au Québec (Canada)

Dépôt légal : 2009
Bibliothèque et Archives nationales du Québec
Bibliothèque nationale du Canada

Denis Ramsay

LES CHRONIQUES DU JEUNE
HOUDINI

3. À bord du *Noctambule*

LER
LES ÉDITEURS RÉUNIS

Dans la série
LES CHRONIQUES DU JEUNE HOUDINI

Tome 1 : Le magicien de rue
Tome 2 : Le cirque dément
Tome 3 : À bord du *Noctambule*

À paraître :
Tome 4 : Le chaman sioux
Tome 5 : Au pays des farfadets

1
Un nouveau départ

Le Cirque Esteban n'existait plus. Il avait fait faillite lorsque le directeur, David Esteban, avait été accusé d'avoir distribué de la fausse monnaie partout où le cirque se produisait. Le dernier spectacle du cirque était passé à l'histoire en raison du duel magique qui avait opposé le grand magicien Harry Houdini à Rizzo, l'ancien magicien recyclé en clown. Au terme de l'affrontement, Harry avait été acclamé en héros, alors que Rizzo avait été arrêté pour le meurtre de la petite Roselynn King, attribué à tort jusque-là à une tigresse blanche de Sibérie.

La plupart des artistes du cirque avaient fait confiance au directeur, David Esteban, et lui avaient confié leurs économies, n'encaissant qu'une partie de leur cachet. Ils comptaient maintenant sur le succès du Cirque du Nouveau Monde, dans lequel tous ceux qui restaient avaient partie prenante. Les voitures et animaux furent par contre dispersés pour rembourser les créanciers de David Esteban, le tout étant vendu aux plus offrants. Les zoos d'Amérique firent le plein de singes, d'éléphants, de lions et de tigres. Mais Lucy tenait mordicus à garder Majesté... C'est ainsi que, lorsqu'on demanda au dompteur de fauves à qui appartenait la jeune tigresse, il eut le beau geste de dire qu'elle était la propriété exclusive de la jeune Chinoise aux yeux verts par droit d'adoption. Après tout, Majesté serait probablement morte sans les bons soins de Lucy.

Les mineurs de Morgantown firent une collecte pour aider le jeune magicien qui n'avait pas hésité à descendre dans le fond d'une mine pour sauver trois des leurs. Harry, qui ne suivrait pas le Cirque du Nouveau Monde dans sa première tournée, reçut pas moins de soixante dollars de cette façon, une véritable petite fortune. Les poches bien pleines, il se dirigea avec Lucy et Ed vers la côte est en songeant à un projet ambitieux qu'il partagea avec ses amis.

— Au début, j'avais une souris. Maintenant j'ai un lapin. Vous n'êtes pas sans savoir que je voudrais faire disparaître un éléphant sur scène. Je ne crois pas qu'aucun magicien ait encore tenté le coup. Eh bien, j'entends m'en procurer un à présent !

— Il y a peut-être de bonnes raisons pour lesquelles on n'a jamais tenté le coup, tempéra son ami Ed qui, lui, s'était occupé des éléphants durant toute la tournée avec le Cirque Esteban. As-tu une idée de ce que ça mange dans une journée, un éléphant ? As-tu une idée des dégâts que ça fait aussi ?

— Je pensais te confier cet aspect du problème, poursuivit Harry, sans laisser voir s'il était sérieux ou s'il blaguait. Il faudrait en trouver un tout jeune pour qu'il s'habitue à monter sur une petite scène.

Lucy renchérit avec un peu de mauvaise foi :

— Tu imagines la grosseur du chapeau qu'il faudrait pour faire disparaître un éléphant ?

Harry lui jeta un regard, mi-sévère, mi-amusé. Elle poursuivit :

— Et où penses-tu le trouver, ton éléphant ?

— Je crois que l'Afrique serait l'endroit idéal pour commencer mes recherches...

— Bien sûr ! s'exclama Ed, sarcastique. Et comment comptes-tu y aller, en Afrique ?

— En bateau, non ? risqua Harry.

— Tu as réponse à tout, petit génie, riposta Lucy. As-tu un bateau ? Avec l'argent qu'on a, on pourrait à peine acheter un radeau. Et à cinq sur un radeau – dont un tigre et un éléphant –, tu vas devoir ramer, Harry !

— Je n'ai pas encore réfléchi aux détails, avoua Harry, faussement penaud. Vous ne me laisserez pas tomber, dites ?

Les deux jeunes amoureux échangèrent un regard dubitatif, puis se ressaisirent :

— Bien sûr que non, dirent ses amis d'une même voix.

Harry était définitivement le leader du groupe et ses compagnons étaient prêts à le suivre partout où il irait, du moment qu'ils restaient tous ensemble. Même en Afrique !

Ken Colt, qui les avait suivis dans toute la Pennsylvanie pour mettre la main au collet du responsable des attentats contre le Cirque Esteban, faisait le voyage inverse avec eux jusqu'à Philadelphie avant de traverser le fleuve Delaware et de rentrer au New Jersey dans la petite ville d'Elizabeth, où le clown psychopathe avait fait sa première victime connue. Alors que le cavalier voyageait sur son propre cheval, un blanc destrier, Harry et Ed conduisaient tour à tour la petite roulotte tirée par un vieil âne qu'on leur avait laissé parce qu'il n'avait plus de valeur réelle que sa viande, sûrement coriace si l'on se fiait à la maigreur de la bête. Partout où il passait, le véhicule attirait des regards ébahis, surtout en raison du tigre en cage qu'il transportait, cajolé par une jeune fille qui ne semblait douter de rien. Au-dessus de la cage, on avait construit un étage qui portait tous les effets des trois amis, dont le matériel de magicien que Harry avait déjà amassé au cours de sa courte carrière.

Dès que les amis trouvèrent un terrain vague à Philadelphie pour passer la nuit, Harry enfourcha le poney et fit son entrée « triomphale » dans la grande cité. Le magicien avait envie de se balader seul. Bien qu'on l'avait présenté ici il y avait quelque temps comme étant « le grrrand Hou–dini », personne n'accourait pour l'accueillir comme une vedette. « Un jour, pourtant… » rêvassait-il. Ici, au cœur de la grande ville, il ne passait que pour un enfant qui essaie de jouer aux grands, avec son long manteau en pièces de cuir cousues ensemble, ses bottes à semelles et son chapeau haut-de-forme troué… Le tout sur une monture qui ne dépassait pas quatre pieds au garrot. Oui, il savait qu'un jour il atteindrait la gloire et la richesse, mais qu'en serait-il de l'amour ?

Il se dirigea vers la pâtisserie d'où il l'avait vue sortir, *elle*, la belle demoiselle. Harry, qui avait une excellente mémoire, retrouva l'endroit sans peine. Mais « elle » n'était pas là. Bien qu'il ne savait pas son nom, il se rappelait parfaitement ses cheveux blonds, ses yeux bleus, son sourire envoûtant. Elle était si belle, comme la statue de la Liberté un matin de mai ! Il ne pouvait que s'imaginer son doux parfum, plus délicieux que l'arôme d'une tarte aux pommes de sa mère un midi d'hiver !

Le jeune magicien se souvenait des premières paroles qu'il lui avait balbutiées en lui tendant un prospectus : « Cirque… demain… » Il resta longtemps à l'endroit précis où leur regard s'était croisé. Elle n'était pas au rendez-vous fantôme que Harry lui avait fixé dans ses prières. Par contre, la pâtisserie était bien là, et il n'y avait plus de gâteau de mariage dans la vitrine. Était-elle mariée? À la place, une immense tarte aux pommes exhibait ses atouts. Le prix: vingt-cinq cents. Si Harry n'avait pas trouvé ici sa belle, il se rappelait qu'il avait encore des amis au ventre creux.

Il entra dans la pâtisserie et s'approcha du comptoir où un homme dans la cinquantaine portant un tablier s'affairait, le visage couvert de farine. À ses côtés, une dame âgée et fort bien habillée recevait les clients qui faisaient la queue. Harry se demanda s'il ne s'agissait pas de la mère de l'enfariné. Le magicien aimait beaucoup sa propre mère, mais voudrait-il travailler avec elle tous les jours? Alors qu'il réfléchissait à cette perspective peu enviable pour un homme de ses ambitions, son tour vint de se faire servir.

— Je veux la tarte aux pommes dans la vitrine.

La dame lança un ordre au pâtissier, qui sortit aussitôt du four une tarte en tout point identique à celle qui lui avait mis l'eau à la bouche.

— Cela vous fait vingt-cinq cents, jeune homme.

Harry fouilla dans ses poches et fut lui-même surpris de n'en sortir que vingt-trois cents bien comptés.

— Il manque deux cents!

Le magicien fouilla encore dans ses poches mais ne trouva pas ce qui manquait. Il se tourna vers un jeune garçon qui le suivait et tira une pièce de derrière son oreille.

— En voilà une.

Il fit apparaître l'autre dans la paume de sa main après avoir claqué des doigts. Quelques clients autour de lui applaudirent timidement et Harry salua comme si on l'ovationnait en grand.

— Harry Houdini, magicien.

Et il rajouta, en replaçant son couvre-chef :

— Pour vous servir !

La dame laissa échapper un léger sourire pincé. Elle emballa la tarte et la tendit à Harry, visiblement fier de lui. Celle qui l'avait servi ne s'était pas rendu compte que les pièces qu'il avait fait apparaître provenaient de la pile sur le comptoir et qu'il manquait toujours deux cents !

2
Pour trouver un bateau

Les amis de Harry mangèrent avec plaisir la moitié de la tarte qu'il avait rapportée à leur campement. Le dessert succulent inspira à Lucy une énigme qu'elle proposa à ses amis :

— Dites-moi, les gars, comment divise-t-on quatre pommes pour deux enfants ?

— Facile, répondit Ed. Quatre divisé en deux : on donne deux pommes à chacun.

— C'est gagné, mon amour !

Ed adorait se faire appeler « mon amour » devant les autres : cela l'embrouillait toujours pour quelques secondes.

— À présent, comment sépare-t-on deux pommes pour quatre enfants ?

— On leur donne la moitié d'une pomme chacun, bredouilla Ed rapidement, profitant de sa lancée.

— Très juste. Mais comment partage-t-on trois pommes entre huit enfants ?

Ed calculait dans sa tête, mais tarda à répondre cette fois. Harry, qui venait d'avaler sa dernière bouchée, donna la solution :

— Pour diviser trois pommes entre huit enfants, tu leur fais une tarte !

— Chapeau, Harry, lâcha Lucy avec grand sérieux.

La jeune Chinoise, qui avait pourtant un grand sens de l'humour, était une pince-sans-rire qui ne s'esclaffait à peu près jamais. C'est ainsi que ses amis l'aimaient, d'ailleurs.

Au matin, Ken Colt partit avec Harry à la recherche d'un bateau dans le port de Philadelphie. Bien que l'ancien shérif doutait beaucoup du projet, il croyait que le voyage pourrait être formateur pour ses jeunes amis, et il enviait secrètement Harry pour l'aventure qui l'attendrait sans doute sur les mers du monde.

Les bateaux de Philadelphie transportaient bien peu de passagers ; c'était plutôt l'affaire de New York. Et la plupart des passagers débarquaient en Amérique ; bien peu d'entre eux en partaient. Le port de Philadelphie envoyait surtout en Europe du fer, du charbon et du tabac, des produits d'exploitation qui alimentaient la révolution industrielle en cours dans le Vieux Pays comme au Nouveau Monde. Il y avait peu de trafic maritime avec l'Afrique cependant. Les Africains auraient bien aimé recevoir plus de denrées de l'Amérique, mais ils n'avaient

14

pas l'argent pour se les payer. Le seul bien négociable qui avait de la valeur pour les mieux nantis – et qu'ils avaient en abondance – était les hommes, mais l'esclavage avait été aboli depuis peu dans la plupart des pays européens et en Amérique du Nord.

Non seulement il ne trouvait pas de bateau en partance pour l'Afrique, mais Harry voyait bien que le coût d'un voyage aussi long serait hors de portée de sa bourse. Il avait économisé, en plus des soixante dollars qui lui avaient été remis par les mineurs, un maigre trente dollars, ce qui plaçait encore sa fortune sous la barre des cent dollars qui semblaient constituer le prix d'un aller simple vers l'Europe en classe économique – très économique, en fond de cale. Restait toujours l'option de s'engager dans l'équipage d'un navire et de réserver l'argent pour le billet de l'éléphant… Mais ils étaient trois, trois *enfants*. Dans tous les ports du pays, il y avait des hommes sans emploi qui cherchaient à se faire engager et qui étaient plus forts physiquement que Harry. Si Ed, lui, pouvait certainement en mener aussi large qu'un homme dans la force de l'âge, on ne pouvait pas en dire autant pour Lucy. Harry pensa qu'il serait plus sage pour la compagne d'Ed de rester en Amérique, quitte à ce qu'elle se remette au vol à la tire et à la blanchisserie.

Ken Colt était découragé pour ses jeunes amis.

— C'est clair : personne ne veut aller en Afrique !

— Et les Africains redevenus libres ? demanda pertinemment Harry.

— Ce sont bien les seuls ! Mais ils affrètent eux-mêmes leurs bateaux et ils partent du sud, de La Nouvelle-Orléans ou de Miami…

Harry se voyait difficilement en route vers l'Afrique sur un bateau rempli d'anciens esclaves, même si l'image d'un retour en mer avec un éléphant en cage paraissait encore plus loufoque aux yeux des autres. Il était sur le point de remettre ses choix en question quand Ken lui offrit de téléphoner à un ami de Newark qui connaissait bien les mouvements des bateaux sur l'Atlantique.

— Il m'en doit une, expliqua Colt. Je lui ai sauvé la vie alors que trois tueurs notoires tentaient de s'en prendre à sa famille. Allons au bureau de poste.

— Vous allez vous servir d'un téléphone ?

— Mais oui, ce n'est pas difficile !

— Je pourrais essayer ?

— Bien sûr. Mais connais-tu quelqu'un que tu aimerais appeler ?

— Je ne sais pas son nom… Elle est blonde, très jolie, et elle a les yeux bleus.

Colt s'esclaffa et lui tapa amicalement sur l'épaule. Puis, il lui expliqua le principe du numéro de téléphone, réservé par ailleurs aux riches, aux commerces et aux hommes d'affaires, comme cet ami qu'il se proposait d'appeler pour se renseigner au sujet des bateaux en partance pour l'Afrique. Harry eut un peu honte de sa naïveté, mais fut surtout déçu que la perspective de communiquer avec *elle* se soit dissipée aussi rapidement.

— C'est de la technologie, tu sais, pas de la magie, lui dit Colt en riant.

La magie, Harry connaissait. La technologie, il *voulait* connaître. Le magicien fut donc très attentif lorsque l'ancien shérif logea son appel à Newark à partir du bureau de poste de Philadelphie. Colt composa quelques chiffres et attendit. Le maître de poste, lui, tenait sa montre de gousset en main pour chronométrer la communication et facturer l'appel au final.

— Ça sonne, confirma Colt.

Il passa l'écouteur à l'oreille de Harry juste au moment où retentit un formidable *« Hello ! Hello ! »* à l'autre bout de la ligne. Harry recula précipitamment.

— Je crois qu'il est prêt à vous parler.

Ken reprit l'écouteur et entendit son contact répéter :

— *Hello ! Hello !*

— *Hello*, Bruce ? C'est Ken, Ken Colt. Comment ça va, vieux ?

Harry était épaté d'assister à une conversation téléphonique, même s'il en avait souvent entendu parler. Pour un tour de magie, il était difficile de faire mieux ! Il écouta son vieil ami qui semblait parler tout seul.

— … Je vais très bien, merci. Sauf que j'ai un petit problème. Je cherche un bateau pour l'Afrique… Oui, l'Afrique… Je suis à Philadelphie… Non, ce n'est pas pour moi, mais bien pour un ami. Il est magicien. Il veut rapporter un éléphant en Amérique… Oui, un éléphant.

Colt cessa de parler. Harry mourait d'impatience d'entendre la suite des choses :

— Qu'est-ce qu'il dit ? demanda-t-il à l'ancien shérif.

— Rien pour l'instant, fit le shérif en plaçant sa main devant le microphone fixé dans l'appareil mural.

À l'autre bout du fil, son ami, qui n'était pas certain d'avoir tout compris, fouillait dans ses cartes et ses carnets.

Bruce Connolly était armateur. Il possédait des bateaux qui faisaient principalement commerce dans les Antilles. Quelques-unes de ses embarcations traversaient aussi l'Atlantique chargées de métaux et de produits agricoles pour revenir bondées de nouveaux immigrants européens. Mais aucun de ses navires n'allait en Afrique.

— Je n'ai rien qui passe par l'Afrique, Ken. Désolé.

— As-tu une solution, Bruce? C'est assez important…

Colt raconta à l'armateur ses aventures des derniers mois de même que l'ambition de son jeune ami de se trouver un éléphant pour l'avancement de sa carrière de magicien. Harry entendit résonner du récepteur un grand rire sincère qui laissait présager un peu d'espoir pour lui. Au bout de quelques secondes d'angoisse, il vit les yeux de Colt s'illuminer.

— Il se peut que je connaisse un bateau qui fasse encore du commerce triangulaire entre l'Amérique, l'Europe et l'Afrique, lui annonça Bruce. Il s'appelle le *Noctambule*.

— Comment le connais-tu? demanda Ken.

— C'est moi qui l'ai vendu.

— Il est recommandable?

— Difficile à dire. Le bateau flotte mais l'équipage est… maudit, si j'en crois certaines rumeurs.

— Maudit? Dans quel sens?

— Dans le sens de… disons que je ne m'y embarquerais pas moi-même.

— Y a-t-il d'autres options?

— Il ne faut pas être trop difficile, Ken. C'est pour l'Afrique…

— Autre chose pour nous remonter le moral ?

— Peut-être. En mentionnant mon nom, tu auras sûrement une meilleure écoute. Ces gaillards ne m'ont pas fait de paiement depuis trois mois !

Lorsque Colt raccrocha, le maître de poste nota l'heure exacte à la seconde près sur son calepin et calcula qu'on lui devait un dollar de plus que les deux laissés en dépôt au début de la conversation. Alors qu'il payait la note, Colt raconta à Harry que le *Noctambule* faisait habituellement escale en fin d'été à Miami, en Floride, avant de se diriger vers le Portugal. Le bateau revenait par la suite en passant par l'Afrique.

Harry était épaté que son ami ait pu résoudre son problème grâce à une conversation qu'il avait eue avec quelqu'un dans une autre ville. Il entendait bien trouver une façon de s'inspirer de cette technologie extraordinaire pour impressionner son public lors d'un futur spectacle de magie. Pour l'instant, il alla rapporter à ses deux amis l'essentiel de la conversation, laissant l'ancien shérif prendre un verre bien mérité dans une taverne près du bureau de poste. Ed et Lucy étaient émerveillés eux aussi par cette prodigieuse invention qu'était le téléphone.

— La technologie, c'est l'avenir, affirma Harry. Un jour, non seulement pourra-t-on entendre quelqu'un d'aussi loin, mais il sera également possible de voir quelqu'un à l'autre bout du pays ; du monde même !

— Un jour, nous pourrons voyager instantanément à l'autre bout du monde, ajouta Lucy. Et pas par bateau : en volant comme des oiseaux !

— Pourquoi pas ? confirma Harry.

Il se tourna vers son gros ami pour savoir quel prodige il s'imaginait pour l'avenir, lui.

— Un jour, chacun pourra manger tout ce qu'il voudra. Il y aura des vendeurs de frites à tous les coins de rue !

Ivres de rêves et de visions futuristes, les jeunes s'endormirent la tête pleine d'images où l'avenir souriait aux plus audacieux.

Harry fit un rêve troublant, se voyant devenu si célèbre que, longtemps après sa mort, quelqu'un écrivait un roman sur sa vie. Loin de là, un enfant de son âge lisait son histoire en se disant : « C'était tout un gars, ce Houdini ! »

3
Vers le sud

— On s'en va à Miami !

C'était le mot d'ordre au lever, comme si le proclamer suffisait à abolir toutes les difficultés que cela impliquait.

Leur chemin se séparait de celui de l'ancien shérif. Ken Colt entendait reprendre sa vie de retraité où il l'avait laissée avant de partir aux trousses de Rizzo. Il allait cultiver son jardin, lequel devait être en friche en ce moment et envahi de mauvaises herbes. L'heure était aux adieux. Les trois jeunes comparses étaient tristes et un peu inquiets de quitter leur vieil ami et de se retrouver seuls sans ce brave homme qui leur procurait une certaine sécurité. Mais Colt avait confiance que, ensemble, Ed, Lucy et Harry arriveraient bien à surmonter toutes les difficultés qui parsèmeraient leur route. Alors que le jeune magicien lui tendait la main, Colt le prit dans ses bras et lui souffla à l'oreille :

— Bonne chance, Harry Houdini. J'espère que, la prochaine fois que j'entendrai ton nom, c'est parce qu'on parlera de toi comme étant le plus grand magicien du monde.

☆ ☆ ☆

Lucy dut se résigner à laisser sa jeune tigresse blanche de Sibérie au zoo de Philadelphie, où on se réjouissait de pouvoir offrir aux visiteurs l'occasion de voir un animal aussi splendide, même si ce n'était que pour quelques semaines. En la quittant, Lucy prit Majesté par le cou et, dans un geste qui fit frémir les gardiens du zoo, la tigresse répondit de la même façon en plaçant ses grosses pattes autour de sa maîtresse.

— Je reviendrai te chercher, c'est promis. Tu seras bien sage, n'est-ce pas?

En plus de prendre soin de l'animal pendant son absence, les administrateurs du zoo avaient accepté de garder sa cage, le chariot et l'attirail de magicien de Harry jusqu'à leur retour. Harry ne garda avec lui qu'une malle contenant quelques accessoires. L'âne, par contre, prit le chemin de l'abattoir pour ensuite être servi aux fauves. Majesté dut manger sans le savoir celui qui lui avait fait traverser toute la Pennsylvanie!

☆ ☆ ☆

Harry, Ed et Lucy se rendirent à la gare dans l'espoir de prendre un train jusqu'à Miami. Puisqu'ils désiraient conserver leur argent pour payer la traversée, Harry et Ed dénichèrent des uniformes de bagagistes dans un casier qu'ils crochetèrent. Les képis qu'ils enfoncèrent sur leur tête les firent paraître plus grands, ce qui évita qu'on les soupçonne d'être des imposteurs. Lucy prit place dans la malle de Harry, laquelle ses amis montèrent sur un chariot.

Les deux jeunes hommes poussaient la malle sur un quai. Soudain, ils furent interpellés par un vieux conducteur de train ronchonnant qui leur demanda :

— Où allez-vous comme ça, vous deux ?

— Nous cherchons le train pour Miami, répondit Harry sans broncher.

L'homme surprit les deux amis en éclatant d'un grand rire édenté et méprisant.

— J'espère qu'il n'y a rien de précieux dans votre malle, car on risque de l'attendre longtemps : la voie ne se rend pas encore à Miami !

Ed se dit en lui-même que la malle contenait en effet quelque chose de fort précieux. Le conducteur leur indiqua une autre voie, celle qui se rendait le plus au sud :

— Au bout de la route, on pourra certainement livrer la malle à destination, dit-il finalement.

— Merci, monsieur ! dirent en chœur les faux bagagistes.

Le vieil homme retourna à sa tâche et fit chauffer le moteur pour s'assurer que son train parte à l'heure, mais non sans marmonner quelques invectives contre ces «jeunes étourdis» et les «bagagistes incompétents» en général.

Dans le convoi qu'il leur avait indiqué, un seul wagon possédait une rampe d'accès accrochée à sa porte. Ed et Harry grimpèrent les marches sans hésiter, entrèrent dans le train et passèrent aussitôt au wagon des bagages. Là, ils placèrent la malle dans un coin et laissèrent sortir la passagère clandestine. Mais l'heure n'était pas encore aux réjouissances : il s'agissait de ne pas se faire pincer jusqu'à destination. Le silence était le mot d'ordre.

Quelque dix minutes plus tard, ils entendirent la fermeture de la dernière porte. Tous trois respirèrent un peu mieux mais n'osaient toujours pas parler. Le train s'ébranla d'abord lentement puis, de secousse en secousse, prit plus de vitesse.

« Tchic — katchic — tchic — katchic… »

Au bout de cinq minutes, le train atteignit sa vitesse de croisière avec la suite de bruits des roues de fer contre fer et de secousses rythmées, de cliquetis de métal dans toute la carcasse du wagon.

« Tchic-tchic-tchic-tchic-tchic-tchic… »

Les trois voyageurs explorèrent le wagon, ouvrant sans hésiter toutes les boîtes jusqu'à ce qu'ils trouvèrent des couvertures de laine. Ils s'installèrent confortablement sur des lits improvisés, se laissant bercer par le mouvement de roulis du wagon qui faisait bouger toutes les choses autour d'eux. Ed avait également déplacé les boîtes de façon à ce qu'un freinage brusque ne fasse pas s'écrouler une montagne de valises sur leur tête.

N'ayant pas sommeil pour l'heure, Harry entreprit d'explorer les derniers colis à bord. C'est ainsi qu'il mit la main sur un nouveau trésor fabriqué en son pays d'adoption.

Une immense boîte en bois renfermait d'autres boîtes en carton qui, elles, contenaient des petits emballages de carton fin qui tenaient dans la main. Dans ces minuscules boîtes se trouvaient des languettes enveloppées individuellement dans du papier d'aluminium. Harry huma les petites languettes, qui avaient une odeur fraîche et sucrée. Il en développa une et décida d'y goûter. Il mâcha longtemps mais n'arriva toujours pas à avaler. La sensation était agréable pourtant, et il partagea sa découverte avec ses deux amis. Des heures durant, les trois jeunes mâchèrent comme des vaches ruminantes, crachant leur chique à chaque nouvelle ville qu'ils traversaient pour se bourrer la bouche de nouveau d'une nouvelle languette sucrée. Lucy avait déjà vu de cette gomme collée dans le fond des poches de certains clients à l'époque où elle travaillait à la blanchisserie. Elle avait alors horreur de ces friandises qu'elle devait décoller à la main et ne s'était jamais imaginé que, plus tard, elle allait en mâchouiller gaiement des heures durant. Ed, qui n'aimait pas gaspiller la nourriture, préférait avaler lorsque la gomme n'avait plus de saveur, ce qui lui valut quelques maux de ventre durant le trajet...

Harry chercha des ouvertures pour voir à l'extérieur mais seule une petite fente horizontale permettait d'avoir un aperçu du paysage environnant, qui se limitait d'ailleurs à des champs qui défilaient, parfois une vache ou un cheval au loin. Les couleurs changeaient selon les cultures, mais il leur était impossible de déterminer où ils se trouvaient exactement. Le train avait sûrement déjà traversé le Delaware et le Maryland et se trouvait peut-être en Virginie. Cette plante que Harry apercevait maintenant à perte de vue pouvait ressembler à du tabac, la culture la plus importante de la région, selon ce que lui avait raconté Ken Colt.

L'estomac d'Ed s'étant replacé, le gros rouquin fit un nouvel inventaire de la marchandise qui voyageait avec eux. En explorant les derniers recoins du wagon, il découvrit une bonne réserve de nourriture : du *corned-beef* en conserve ! Les Irlandais du Lower East Side de New York, la véritable patrie d'Ed, consommaient régulièrement de ce bœuf salé pour remplacer le bacon, beaucoup plus dispendieux. Ils prétendaient l'avoir inventé, alors que plusieurs savaient bien que c'étaient des industriels juifs de New York qui en avaient fait une denrée régulière et abordable.

Le *corned-beef*, salé à souhait et ainsi prémuni contre les attaques bactériennes, se conservait longtemps. Ce mode de conservation était plutôt récent. À présent, dès qu'un entrepreneur découvrait quelque condiment à vendre à grande échelle, il l'empaquetait dans une boîte de fer-blanc et le distribuait dans toutes les épiceries du pays. Mais, comme disait Harry, « ni le bonheur ni l'amour ne se laissent mettre en conserve ! »

Ed s'empressa de faire des provisions pour leur voyage. Les boîtes de *corned-beef* se retrouvèrent dans la grande malle, ce qui l'alourdit significativement, et chacun d'eux en garda quatre en poche au cas où ils seraient séparés de leur butin. Mais comme ils n'avaient pas d'ouvre-boîte dans leurs effets, ils ne pouvaient pas même y goûter pour l'instant, au grand dam d'Ed. Pour régler le problème de son ami, qui était toujours affamé, Harry sortit la deuxième moitié de la grosse tarte aux pommes achetée la veille dans la pâtisserie de Philadelphie. « La vie est belle ! » se disaient les trois passagers clandestins, et le projet farfelu de Harry ne semblait pas hors de portée en cet instant.

Ed, rassasié, éclata d'un rire soudain alors que tout était calme. Lucy s'inquiéta :

— Seuls les fous rient sans raison. Aurais-tu perdu la raison?

Elle n'avait pas dit «mon amour»...

— J'ai seulement imaginé le voyage de retour avec un éléphant avec nous dans le wagon. Je placerais son derrière de l'autre côté...

Cette fois, Lucy et Harry rirent également.

Les trois amis rigolèrent encore un moment avant de s'étendre pour prendre un peu de repos. Lucy et Ed s'installèrent d'un côté et s'endormirent ensemble pour la première fois enlacés l'un à l'autre, sous le regard attendri de leur compagnon.

Il ne faisait pas trop froid cette nuit-là et ils dormirent heureux comme à leurs premiers jours sur Terre, bercés par le train qui répétait toujours le même refrain.

«Tchic-tchic-tchic-tchic-tchic-tchic...»

4
Les Everglades

Ils ignoraient combien de temps ils avaient dormi, mais Ed certifia par les gargouillements de son estomac que l'heure du petit-déjeuner était déjà passée. Le train ralentit la cadence en approchant d'une gare, où Harry, regardant par la petite fente qui lui servait de fenêtre sur le monde, aperçut un panneau sur lequel il vit les mots « Jacksonville, Florida ».

— Je crois que c'est ici qu'on descend, annonça-t-il aux deux autres.

Les garçons enfermèrent Lucy dans la malle, beaucoup moins spacieuse avec toutes les boîtes de *corned-beef* qu'elle contenait à présent, en plus des couvertures de laine qu'ils crurent bon emmener avec eux. Puis, Harry et Ed se coiffèrent de leur képi de bagagiste, prêts à reprendre leur rôle dès que le train serait immobilisé.

Durant la nuit, ils avaient traversé la Caroline du Nord et la Caroline du Sud de même que la Georgie avant d'atteindre les limites de la Floride. La compagnie de chemin de fer de la région, la

Jacksonville, St-Augustine & Halifax Railroad, opérait sur des rails plus étroits que ce qui était la norme au pays, de sorte que la grande ville au nord de l'État constituait un arrêt obligatoire pour tous les passagers. Les trois amis étaient encore loin du port de Miami, et ils espéraient bien qu'un autre train puisse les rapprocher encore un peu de leur destination.

Dès que leur convoi fut arrêté, la porte s'ouvrit en grand et deux hommes placèrent la rampe d'accès pour décharger le wagon. Harry et Ed en sortirent avec la grosse et lourde malle comme s'il était tout à fait normal que deux bagagistes voyagent avec de la marchandise aussi loin au sud. Les deux hommes les regardèrent avec curiosité un moment mais durent se mettre au travail plutôt que de chercher à comprendre ce qui venait de se passer sous leurs yeux. D'ailleurs, les clandestins étaient l'affaire des agents de la compagnie et de la police, pas la leur.

L'uniforme de Harry et Ed ne correspondant pas à celui des bagagistes de la gare de Jacksonville, un agent fit tôt de les intercepter :

— Où allez-vous comme ça ?

— À Miami, répondit Harry sans hésiter.

— Le train ne se rend pas à Miami…

— On sait. Mais c'est là où nous allons, monsieur.

— Que contient cette malle ? demanda l'homme, agacé par le ton impertinent du garçon.

Harry allait répondre que c'était confidentiel, mais se fit doubler par Ed.

— Cette malle contient le matériel d'un grand magicien, monsieur. L'illustre Harry Houdini, qui s'est produit tant à Philadelphie qu'à New York et Pittsburgh !

Un sourire indulgent tirait sur les lèvres de l'agent.

— Harry Houdini, dites-vous ? Oui, mon cousin l'a vu à Pittsburgh. Il paraît qu'il est capable de lire dans l'esprit des gens et de parler avec les morts !

— Incroyable, n'est-ce pas ? reprit Harry au vol.

— Vous croyez que je pourrais jeter un œil à son équipement ? demanda l'agent, visiblement fébrile.

— Nous voudrions bien, mais c'est impossible, cassa Ed. La malle a été verrouillée par Houdini lui-même, et personne ne peut l'ouvrir. Croyez-nous, nous avons bien essayé !

Ed savait qu'il risquait gros, mais son ton assuré lui permit de gagner la manche. L'homme n'insista pas.

— Vous feriez mieux de prendre le train pour Saint-Augustine. Ce n'est pas trop loin de Miami. Mais faites bien attention pour ne pas disparaître dans les Everglades !

Un large sourire aux lèvres, Harry regarda l'agent s'éloigner. Il venait de faire la première expérience de la renommée. On avait entendu parler de lui si loin…

Les faux bagagistes gagnèrent la voie qui menait plus au sud et entrèrent rapidement dans un wagon bondé de marchandises. Ils hissèrent leur malle à l'intérieur et durent la placer sur une haute pile de coffres, n'ayant à peine assez de place pour se glisser entre deux colonnes de bagages. La pile sur laquelle se trouvait leur malle oscillait dangereusement et menaçait de tomber hors du wagon. Ed et Harry manœuvraient comme ils pouvaient pour la retenir jusqu'à ce qu'un travailleur de la gare vienne enfin fermer la porte de la voiture. Celui qui l'ouvrirait à destination était certain de recevoir une avalanche de bagages en pleine figure.

Saint-Augustine se trouvait à moins de cent miles au sud. Ed et Harry profitèrent du voyage pour stabiliser les coffres et valises, notamment ceux sur lesquels trônait la malle où Lucy était cachée. Mais la pile se prolongeant jusqu'au plafond du wagon, il était impossible de l'ouvrir pour lui donner un peu d'air.

— Laissez-moi sortir! leur cria-t-elle, en les traitant d'une panoplie de noms peu affectueux.

— Courage, Lucy, tenta de la réconforter Harry. Nous arriverons dans deux heures tout au plus.

Mais ces mots d'encouragement n'arrêtèrent pas les insultes de fuser.

— Quel vocabulaire ! s'extasia son amoureux.

Le train s'immobilisa près de trois heures plus tard, à la fin de la voie ferrée. Alors que dans l'ouest les constructeurs du chemin de fer avaient rencontré de formidables obstacles comme le Grand Canyon ou la Vallée de la Mort, sans oublier l'immense barrière que constituaient les Rocheuses, la Floride n'était parsemée que de petits cours d'eau, de mares et de portions de sols mous. Mais ces obstacles se multipliaient à perte de vue ! Ainsi, le train ne se rendrait pas à Miami avant la fin du siècle ; Harry, lui, n'avait pas l'intention d'attendre aussi longtemps.

De nouveau sous leur chapeau de bagagiste, Ed et Harry descendirent prudemment leur malle aussitôt la porte ouverte et entreprirent de déguerpir au plus vite. À peine avaient-ils franchi les limites de la gare qu'ils entendirent quelqu'un leur crier quelque chose qu'ils ne comprirent pas trop. Ils préférèrent ne pas s'arrêter pour apprendre ce qu'on leur voulait. Car, même si Harry pouvait probablement s'évader de n'importe quelle prison construite de main d'homme, il considérait qu'il était encore mieux de ne pas y séjourner. Les garçons se retrouvèrent rapidement dans la boue jusqu'à la mi-mollet. Ils se fatiguèrent rapidement mais demeurèrent déterminés à continuer sur le chemin. La malle était lourde et ils la déposèrent pour laisser sortir leur amie. Quelle ne fut pas leur surprise de voir le coffre flotter à la dérive.

— Qu'est-ce que vous faites ? leur demanda la passagère.

— Nous te rendons ta liberté ! fit Harry à la blague, alors qu'il reprenait son souffle.

— Pas question que je marche dans la boue !

Ed insista pour que sa copine descende de son trône. Lucy mit le pied sur le sol vaseux non sans protester, encore révoltée à la suite des longues heures qu'elle venait de passer dans l'obscurité totale parmi les boîtes de *corned-beef*.

Les autorités de la gare avaient renoncé à poursuivre Ed et Harry dès qu'ils s'étaient empêtrés dans la tourbière. Il leur suffirait de patrouiller la route qui ceinturait le champ pour les recueillir, à moins que ce soit les alligators qui les trouvent les premiers.

Insouciants, les trois amis se reposaient un peu, assis sur leur malle, la chicane au cœur. Ed, comme d'habitude, se plaignait d'avoir faim.

— Et si on mangeait du *corned-beef* ?

Lucy se leva, non pas pour lui donner accès au contenu de la malle, mais plutôt pour tempêter en marchant de long en large.

— Toi et ton *corned-beef*! Un puits sans fond, voilà ce que tu es! Je croyais que tu avais renoncé à tes habitudes de goinfre…

Ed perdit son appétit tout d'un coup, ce qu'un bruyant gargouillement de son ventre vint contredire.

— Et toi le magicien! Le «grrrand Hou–dini»! Tes illusions de grandeur auront raison de nous tous à la fin!

Lucy était en colère et injuste. Elle était fatiguée, stressée, et son irritation l'emportait sur sa faim.

Un carrosse passa sur la route qui bordait le champ pendant qu'elle criait en gesticulant. Une dame passa la tête par la fenêtre.

— Vous avez des problèmes, mademoiselle?

— J'en ai deux et ils sont assis là! rugit-elle en pointant ses deux amis.

— Alors, montez avec moi!

Lucy s'arrêta net de parler comme de bouger. Elle considéra l'offre un moment, mais se ressaisit aussitôt. Elle ne voulut pourtant pas rater une telle occasion:

— J'ai parlé un peu vite, ma bonne dame, se reprit-elle. Je blaguais, en fait. Ces messieurs sont mes amis. Si vous avez de la place pour nous trois et pour la malle, nous serions très reconnaissants de pouvoir faire un bout de chemin avec vous.

La dame, qui devait voyager seule jusqu'au lac Okeechobee, se dit qu'un peu de compagnie lui ferait le plus grand bien.

— Montez tous, dans ce cas. Vous pouvez attacher votre malle à l'arrière du carrosse.

Ed et Harry se levèrent d'un bond et les trois amis coururent jusqu'à la route. Lucy monta d'abord, suivie de Harry puis d'Ed, qui ne put s'empêcher d'exprimer son émerveillement :

— C'est un petit palais sur roues !

Le carrosse était très confortable en effet, avec une suspension qui adoucissait les cahots de la route. Les sièges étaient capitonnés et des fenêtres au cadrage décoré permettaient d'admirer le paysage.

La dame se présenta comme étant la fille de Julia Tuttle, celle qu'on surnommait « la mère de Miami ».

— Miami est donc ma sœur, affirmait-elle par déduction.

Lorsqu'elle demanda aux trois jeunes gens d'où ils venaient, elle déclencha un flot de paroles, d'abord de Lucy, puis d'Ed qui avait tout aussi envie de se raconter.

À entendre parler des prouesses de magicien de Harry, la dame insista pour qu'il lui fasse une petite démonstration de ses talents. C'est avec grand plaisir qu'il s'exécuta, présentant quelques tours simples avec un jeu de cartes, mais se rendit bien compte que sa spectatrice n'était pas épatée. Harry sortit ses anneaux de métal que «seule la magie pouvait défaire»... Toujours rien. Mais alors que le numéro semblait terminé, Harry les passa sur sa tête comme s'il s'agissait de colliers. Il tira sur les anneaux de chaque côté de son cou et les fit passer au travers. Enfin, il perçut chez la dame un petit frisson.

— Vos amis disaient donc vrai, monsieur Houdini. Vous possédez un grand talent.

Ed continua le récit de leurs aventures des derniers mois, jusqu'à leur résolution de se rendre en Afrique pour dénicher un éléphant.

— Que d'aventures, mes amis! s'exclama la dame, fort impressionnée par autant de péripéties. Promettez-moi de ne jamais vous ennuyer!

— Ça, c'est promis, répondit Harry à brûle-pourpoint, en son propre nom et en celui de ses amis.

☆ ☆ ☆

Le carrosse arriva à une demeure vaste et simple, une résidence secondaire pour la riche dame, où les trois jeunes furent invités à passer la nuit. De là, ils purent emprunter une grande barque, offerte gracieusement par leur hôtesse, et suivre les cours d'eau jusqu'à destination.

Alors qu'Ed et Harry ramaient en sifflant, Lucy était assise sur la malle à l'arrière de l'embarcation, tenant le gouvernail. Après avoir longé toute la matinée la rive est du grand lac, ils s'introduisirent dans une rivière au débit très lent. Le courant se déplaçait de un tiers de mile par jour. La barque venait d'entrer dans les Everglades, un système mouvant de rivières coulant vers le sud-ouest, alimentées par le lac Okeechobee et la rivière Kissimmee. Cette région n'était colonisée que depuis une cinquantaine d'années et ne présentait encore aucun signe d'urbanisation. Les voyageurs se laissaient glisser doucement au milieu d'un marais quand Harry accrocha sa rame à ce qui ressemblait à un tronc d'arbre flottant. Soudain, il vit jaillir de l'eau deux narines au bout d'un long nez, puis finalement deux yeux noirs qui l'épiaient.

— Regarde, Ed ! Un alligator…

En voyant le prédateur qui flottait près de la barque, le gros garçon recula et tomba à la renverse. Harry l'aida aussitôt à se relever :

— Attention ! Ce n'est surtout pas le moment de te retrouver à l'eau !

En effet, en jetant un regard plus attentif, ils virent que des dizaines d'alligators rôdaient tout autour. Lucy ne sembla pas trop intimidée par les bêtes.

— Il paraît qu'il y a des panthères aussi dans le coin, dit-elle, affichant sa prédilection pour les félins.

Ed ne releva pas, tenant fermement son aviron, prêt à assommer le premier alligator qui aurait l'audace de s'approcher trop près de la barque.

Ils avancèrent lentement toute la journée parmi les reptiles voraces qui les surveillaient patiemment. Même s'ils voyaient le soleil descendre sur l'horizon, il faisait toujours horriblement chaud et humide. Quelques terres émergées, qu'on appelait les *hammocks* dans le secteur, constituaient le seul refuge possible, à moins de dormir dans la barque. Comme la lumière disparaissait rapidement, les trois amis décidèrent qu'il était temps d'accoster.

— Il y a une maison là-bas! s'écria Harry en pointant au loin.

Il faisait presque nuit lorsqu'ils abordèrent le *hammock* qui paraissait habité. Ils tirèrent la barque à sec et l'attachèrent à un arbre près de la rive. Ed et Harry empoignèrent la malle et se dirigèrent vers cet abri qui leur semblait avoir été placé là par la providence. Soudain, Lucy lança un cri.

Tous trois virent deux yeux qui les regardaient dans l'embrasure de la porte. Juste en dessous, un large sourire apparut enfin.

— Entrez, voyageurs téméraires! entendirent-ils. Ma *chikee* vous est ouverte.

5
Tempête et *Noctambule*

Aile de Corbeau se présenta : il était un Amérindien séminole vivant dans les Everglades, seul dans sa maison qu'il appelait *chikee*. Il vivait de chasse et de cueillette, car l'agriculture et l'élevage étaient impossibles dans cette région inondée.

— Avez-vous essayé le riz ? lui demanda Lucy. On en cultive dans mon pays en des endroits pareils.

— J'y penserai, dit Aile de Corbeau, tout à fait sérieusement. Et vous, que faites-vous dans ce coin ? Les derniers Blancs qui sont passés par ici tenaient des fusils... dont ils se sont servis pour tenter d'exterminer mon peuple.

Aile de Corbeau était le plus impressionné des quatre. Retrouver trois jeunes à sa porte au creux des Everglades ! Lucy fut également surprise d'être ainsi assimilée aux Blancs, son peuple subissant normalement l'exclusion face aux autres. Il faut dire qu'Aile de Corbeau était particulièrement foncé pour un Amérindien...

Leur hôte portait deux ailes de corbeau de chaque côté de sa chevelure crépue et abondante retenue en arrière par un lien très serré. Il arborait également deux traits rouges sous les yeux, peu apparents sur son visage noir. L'Amérindien d'adoption dut expliquer qu'il était Africain d'origine, mais que ses parents et lui-même avaient été réduits à l'esclavage alors qu'il n'avait que deux ans. Le bambin qu'il était et qui voyait son père partir pour les champs tous les matins ne faisait pas la différence entre l'homme libre qui travaillait pour lui-même en Afrique et l'esclave qui travaillait pour son maître en Amérique. Il ne comprenait pas «ces choses d'adultes» et passait ses journées avec sa mère, une femme aimante et enjouée.

Les choses s'étaient gâtées quand Aile de Corbeau – Sam Jones de son nom d'esclave – avait dû aller travailler à son tour dans les champs de coton à sa sixième année. Son bonheur d'enfant avait pris fin quand il avait reçu son premier coup de fouet. Sam Jones avait appris ce jour-là que la vie était dure et triste et il avait enfin compris pourquoi son père n'était pas heureux alors qu'il avait marié la plus merveilleuse femme du monde.

Par un soir de pleine lune, sa famille s'était enfuie de la plantation avec pour tout bagage un petit baluchon chacun. Ils étaient partis de la Louisiane à pied, avaient traversé le

Mississippi, l'Alabama puis étaient arrivés en Floride quelques semaines plus tard, à Pensacola, au nord-ouest de l'État, probablement le premier établissement européen permanent des États-Unis.

La famille du petit Sam était arrivée juste après la troisième guerre séminole et juste avant la sécession de la Floride, un an plus tard, alors que cet État avait été l'un des membres fondateurs des États confédérés d'Amérique, les États sudistes. La famille d'Aile de Corbeau avait immédiatement été cachée par les Amérindiens séminoles car, par le plus formidable des hasards, le petit Sam Jones avait le même nom Blanc que leur héros Aripeka.

La plupart des Séminoles avaient été déportés à l'ouest du Mississippi sur les terres des Creeks à ce moment-là, mais certains étaient demeurés au plus profond des Everglades, là où l'homme blanc n'osait pas s'aventurer. D'ailleurs, ce « peuple invaincu » n'avait jamais signé de traité de paix. « Peut-être pour la simple raison que les Américains ne leur en ont jamais proposé ! » pensait le jeune magicien.

La famille d'Aile de Corbeau s'était donc installée sur un *hammock*, un îlot de terre ferme dans le marais, pour y construire une maison, et pour la reconstruire après chaque tempête tropicale qui passait par là.

Harry expliqua à Aile de Corbeau son ambition d'aller chercher un éléphant en Afrique pour le faire disparaître sur les scènes d'Amérique. En dévoilant qu'il était prestidigitateur, il accepta de présenter quelques tours. Aile de Corbeau rit et applaudit au truc du mouchoir qui entre par la bouche pour sortir par le nez, puis qui entre par une oreille pour sortir de l'autre.

— Je devrais me méfier de toi si tu es un sorcier ! le complimenta indirectement son spectateur.

— Je ne suis pas sorcier, se défendit Harry. Je suis magicien !

La maison ne comportait qu'un lit en bois, très grand, qu'Aile de Corbeau céda aux jeunes alors qu'il s'installa dans un hamac. Il goûta avec plaisir le *corned-beef* qu'Ed avait enfin réussi à extraire d'une boîte à l'aide d'une tête de lance que possédait son hôte. L'Amérindien le compara aussitôt à un autre type de viande qu'il venait lui-même de faire cuire.

— Qu'est-ce que c'est ? demandèrent les jeunes.

— Goûtez et devinez.

Tous trois goûtèrent, apprécièrent mais n'arrivèrent pas à identifier le mets.

— C'est de l'alligator ! déclara triomphalement Aile de Corbeau.

Maintenant qu'ils savaient ce qu'ils mangeaient, ils avalèrent leur portion sans en redemander. Harry eut le bon mot :

— Tout de même, j'aime mieux le manger plutôt que d'être mangé par lui !

Les trois amis s'installèrent pour la nuit alors que le vent commençait à «brasser la cabane». Il pleuvait et grêlait férocement et les précipitations venaient par ondées. À un certain moment, les jeunes perçurent que des vagues provenant du marais balayaient les murs de l'habitation, et que l'eau tombait de plus en plus abondamment du plafond. Aile de Corbeau alluma une lampe à l'huile qui s'éteignit immédiatement. Il la ralluma.

— Les enfants, nous faisons face à un ouragan. Nous devons nous protéger.

Ils s'installèrent les quatre *sous* le lit, la grande malle et quelques possessions de l'Amérindien noir à leurs pieds, fermant les côtés, la tête et le pied du lit avec des couvertures clouées dans le lit et dans le plancher. Le vent se mit à souffler très fort et la pluie à se déverser par lacs entiers. Soudain, le toit de la *chikee* s'envola et la grêle tomba directement sur le lit, cognant comme des clous. Les murs suivirent le toit dans les marais et le sol oscillait comme une vague. Mais le lit tint bon.

Soudain, le calme.

— Restez où vous êtes ! cria Aile de Corbeau, qui avait l'expérience de tels phénomènes. Ça va recommencer dans quelques instants.

La tempête reprit effectivement de plus belle et les couvertures dégoulinèrent désagréablement sur eux. Quand le vent se calma enfin pour de bon, ils étaient tout trempés. La nuit était noire avec un ciel rempli de nuages. Le silence était profond, total. En nature, il y avait toujours une foule de petits bruits de fond, qui murmuraient même si on ne les identifiait pas. Mais là, plus rien, pas même un grillon, pas même le chant triste d'un oiseau qui avait perdu son nid dans la tempête. La nature marquait une pause.

Harry, Ed et Lucy étaient heureux d'avoir survécu à cette épreuve. Ils n'avaient rien perdu en fait, car tous leurs avoirs consistaient en une grosse malle, qui était toujours là, à leurs pieds. Par contre, Aile de Corbeau avait perdu sa maison une fois de plus. La main géante de la tempête tropicale l'avait saisie et lancée dans le marais, dispersée au loin. Il ne restait plus que le lit et quelques lances éparpillées çà et là. Les trois jeunes visiteurs étaient atterrés pour leur hôte.

— Ne pleurez pas pour moi, mes amis. J'ai reconstruit ma maison quinze fois et je pourrais le refaire encore en quelques jours. Seulement, cette fois, je n'en ai pas l'intention.

— Vous ne voulez plus de maison ? demanda Harry, cherchant à comprendre.

— En fait, si vous voulez bien d'un compagnon de plus, j'irais en Afrique avec vous…

Lucy songea qu'il serait bien d'avoir un protecteur grand et fort comme Aile de Corbeau.

Harry, lui, pensa qu'il serait bon d'avoir un peu plus de sagesse dans le groupe, car Aile de Corbeau semblait habité le savoir de deux peuples.

Enfin, Ed calcula avec peine que cent boîtes de *corned-beef* divisées en quatre donnaient vingt-cinq boîtes plutôt que trente-trois et un tiers. Si Aile de Corbeau savait chasser et pêcher, il pourrait compenser avantageusement ce qu'il perdrait en bœuf salé…

Aile de Corbeau les voyait réfléchir. Il donna comme prétexte d'aller récupérer quelques-uns de ses effets que le marais n'avait pas encore engloutis pour les laisser discuter. Le grand Amérindien embarqua dans la chaloupe de la dame du lac Okeechobee qui avait miraculeusement résisté à la tempête. Il réussit à récupérer quelques chaudrons, de menus objets enfermés dans un coffre de bois ainsi que deux pantalons et trois chemises.

Pendant ce temps, les trois amis échangeaient et arrivèrent tous à la même conclusion :

— Je suis d'accord.

— C'est bon pour moi.

— Moi aussi.

Fin de la discussion. Ils n'étaient pas amis pour rien.

☆ ☆ ☆

Au lever du soleil, ils se retrouvèrent tous quatre dans la chaloupe vers le sud de l'État floridien.

Aile de Corbeau avait installé deux grands avirons qui propulsaient mieux la chaloupe que les deux petites pagaies maniées par Ed et Harry. Tous mettaient l'épaule à la roue cependant, et le petit esquif avançait doucement. Lucy tenait le gouvernail selon les indications de leur nouveau compagnon qui connaissait très bien son environnement. Et, chose étrange, les alligators avaient disparu.

— Ils ont commencé à avoir peur de moi quand je suis passé de proie à prédateur.

Aile de Corbeau leva un pied pour leur montrer les belles bottes en peau d'alligator qu'il portait.

Ils avancèrent ainsi sept jours. Chaque matin, ils partaient une demi-heure après le lever du soleil et s'arrêtaient une demi-heure avant son coucher pour s'installer pour la nuit. Ils faisaient également une pause quand le soleil était à son plus haut, à midi, et mangeaient de l'alligator ou du *corned-beef* deux fois par jour, parfois des crustacés ou du poisson avec quelques plantes ou tubercules qu'Aile de Corbeau savait dénicher.

Un jour, l'Amérindien des marais annonça aux autres qu'ils entreraient dans le comté de Miami-Dade le lendemain. Ils s'arrêtèrent deux heures avant le coucher du soleil cette journée-là, car Aile de Corbeau dut préparer une petite cérémonie au cours de laquelle il enterra le collier qu'il portait au cou et ses ailes de corbeau. Ensuite, il se lava vigoureusement le visage pour faire disparaître les traces de peinture rouge. Aile de Corbeau laissait sur ce *hammock* son identité séminole pour descendre dans la grande ville que ses confrères avaient ravagée trente ans auparavant. Bien qu'il était très attaché à son peuple d'adoption, il semblait inutile de provoquer la peur et la colère des Blancs. D'ailleurs, n'allait-il pas rejoindre ses premiers ancêtres, les Africains ?

Il dénoua ensuite ses cheveux, qui bondirent au-dessus de sa tête. Ainsi libérés, ils formaient une large boule et ajoutaient six bons pouces à cet homme qui était déjà très grand.

— Je m'appelle désormais Sam Jones, c'est d'accord ?

— Et votre nom africain ? demanda Harry.

Leur ami baissa les yeux.

— Je l'ai oublié… répondit-il tristement.

Dès le lendemain, les quatre navigateurs glissèrent dans la rivière Miami qui coulait doucement au travers de la ville jusqu'à la mer. Ils accostèrent en bordure du port et se mirent aussitôt à la recherche du *Noctambule*. Harry dut écrire le nom sur un papier pour Sam et Ed qui ne savaient pas lire. Ils n'avaient alors qu'à comparer les lettres sur le bout de papier à celles inscrites sur les navires.

À peine les amis s'étaient-ils séparés que Harry repéra le navire qu'ils recherchaient.

Il s'agissait d'un bateau à vapeur qui était en fait un négrier transformé, un peu plus gros et plus large que les autres. On l'avait simplement démâté et remplacé les voiles par une chaudière et une hélice. Le nom était presque effacé et de grandes strates de goudron rayaient la coque et laissaient planer des doutes quant à la solidité et à l'étanchéité du bateau.

Harry rappela ses amis, avec lesquels il alla se présenter au chef de l'équipage. Lucy s'était de nouveau cachée dans la malle, qui contenait aussi les lances de Sam, coupées pour pouvoir trouver place dans le bagage.

Le capitaine Verboten, un Prussien, grand admirateur de Bismarck, et fier d'être son cousin, droit comme un mât, vieux mais imposant, à la chevelure grise et abondante, répondit aux trois amis d'une voix basse et chevrotante :

— Le capitaine prendrait sans hésiter le nègre. Mais les deux jeunots ont la chance d'avoir un ami influent. Nous n'avons pas vraiment le choix de les embarquer. Ils devront travailler cependant. Et le prix du billet pour l'éléphant sera de quatre-vingts dollars, payables immédiatement.

Le capitaine parlait d'eux à la troisième personne, comme s'ils n'étaient pas devant lui, comme si lui-même n'était pas présent. Son officier en second, Bruno Bonamigo, relayait habituellement ses ordres d'une forte voix que le capitaine n'avait plus et servait de filtre entre le capitaine et le reste du monde. Mais en ce moment, le second du *Noctambule* prenait du bon temps dans une taverne.

— Quarante dollars pour l'instant, négocia Harry, et quarante au retour.

— Quarante immédiatement et quarante lorsque l'animal sera embarqué. Et la nourriture et l'entretien de l'animal sont la responsabilité de son propriétaire !

— D'accord ! lança Harry en avançant la main pour serrer celle du capitaine.

Le capitaine, qui ne regardait même pas Harry et ses amis, ne tendit pas la main à son tour.

— Les passagers devront s'enregistrer auprès du poète de fonction, fit-il sèchement.

Harry, Ed et Sam Jones acceptèrent et embarquèrent sans plus attendre.

— C'est quoi un poète de service ? s'enquit une voix qui provenait de la malle.

Louis Songe, un énorme Français qui parlait plusieurs langues avec un fort accent marseillais et, surtout, qui les écrivait toutes, sans accent cette fois, les accueillit.

— Je suis le poète de fonction, et non de service. J'enregistre les passagers et les bagages qui parlent et j'écris dans le livre de bord tous les événements de la traversée. J'écris autre chose aussi... Vos noms ?

Le capitaine ne leur avait pas expliqué que leur créancier, Bruce Connolly, l'ami du shérif Colt, avait téléphoné au port. Sur les trois paiements de retard qu'on lui devait sur le *Noctambule*, Connolly en oubliait un et retardait de trois mois – soit le temps d'un aller-retour sur l'Atlantique – le moment où il saisirait le navire.

L'équipage n'avait pas fini de charger le navire. Après avoir déposé Lucy dans la cabine, les trois hommes durent prendre part à la tâche. Le *Noctambule* transportait du chocolat, du coton, des fruits frais et en conserve ainsi que du caoutchouc, une nouvelle substance malléable et imperméable. L'intérieur de la coque était d'ailleurs calfeutré de cette matière. Encore quelques années à boucher les trous et le bateau de bois deviendrait un bateau de caoutchouc !

6
La vie à bord

Le *Noctambule* largua ses amarres au petit matin. Il n'y avait personne sur les quais pour saluer son départ.

Le navire s'élança comme un vieux porc ventru à l'assaut d'une mer calme en poussant de gros nuages de fumée. Il était lent au départ, difficile à mettre en marche. Sam Jones transportait, à l'aide d'une brouette, des quantités de charbon que Harry et Ed pelletaient dans la chaudière par la porte d'où émanait une chaleur torride. Le travail était dur, exigeait un grand effort physique et toute l'opération s'avérait très salissante.

À un moment, le second leur cria de ralentir, que le bateau était bien en vogue. Si le navire nécessitait une grande énergie pour vaincre l'inertie de ses deux cents tonneaux, une fois lancé, il fallait simplement nourrir la bête régulièrement.

Sam fut laissé à la chaudière pendant que Harry et Ed étaient réquisitionnés sur le pont.

Ed vit un contenant d'eau et un verre en métal à côté. Il saisit le verre pour boire un coup, mais un marin l'arrêta. Gaston Gauvin, probablement le plus sympathique des marins, un Guyanais petit mais très fort, le mit en garde :

— Ne bois pas ça. C'est de l'eau de mer !

— Et le verre ?

— Regarde dedans. C'est notre gobelet pour jouer aux dés. Si tu les avales, il va falloir t'ouvrir le ventre comme un poisson pour les récupérer.

Gaston Gauvin passa deux serpillières aux garçons, qu'ils trempèrent dans le bassin d'eau salée avant que le marin leur montre comment on nettoie un pont de cette envergure. Durant la démonstration, Gauvin travailla fort et rapidement, mais pendant une minute seulement. Ed partit à la même cadence, tandis que Harry prit un rythme qui lui permit de durer et de ne pas être exténué après un court laps de temps. Quand on lui confiait une tâche simple qu'il comprenait, Ed avait tendance à vouloir prouver qu'il était « le plus capable ». Le pont avait été divisé en deux et les deux amis étaient arrivés au même endroit après dix minutes. Seulement, Ed suait à grosses gouttes sous l'effort tandis que l'énergie de Harry était mesurée. Comprenant la situation, Ed ajusta sa vitesse à celle de son copain et ils terminèrent la tâche en même temps. Ils se nettoyèrent un peu ensuite, à temps pour le repas du soir.

La salle prévue pour manger comportait trois tables entourées de deux bancs logeant quatre personnes, soit vingt-quatre bouches en tout. L'équipage au complet comptait quarante-cinq officiers et marins, plus les trois recrues ; chaque repas se faisait donc en deux services. Si le capitaine et les officiers, de même que les vétérans du bateau, prenaient place à la première tablée, il était convenu que les derniers arrivés mangeraient après tout le monde, au grand désarroi d'Ed qui avait une faim de loup après sa journée de travail.

Leur tour finit par arriver et les deux garçons suivirent Sam dans la file. À quatorze ans, Harry et Ed auraient pu se faire taquiner par les marins, bousculer, intimider ou même se faire voler leur nourriture. Mais Sam, que personne ne voulait croiser, les protégeait de toute tentative mesquine, ce dont Ed et Harry lui étaient fort reconnaissants.

Au menu : pommes de terre en purée, haricots, riz et un petit morceau de viande non identifiable.

— Ça doit être de l'alligator encore ! lança Ed.

Les autres marins lui firent les gros yeux. Décidément, l'alligator n'avait pas la cote dans l'assiette et personne n'avait encore tenté d'en faire un animal de compagnie.

Les trois comparses glissèrent discrètement un peu de nourriture dans un sac pour Lucy. S'ils se faisaient surprendre, ils pourraient toujours dire qu'ils s'en gardaient pour plus tard. Mais tous les convives avaient le nez plongé dans leur assiette car, si ce qu'ils mangeaient n'était pas vraiment bon, ils avaient tous faim.

Le cuisinier, qu'on appelait « Jambe de bois », ne faisait pas la cuisine parce qu'il était particulièrement talentueux au chaudron, mais bien parce que la perte de sa jambe l'avait rendu partiellement invalide. Deux ans auparavant, au départ d'un port brésilien, l'hélice du navire refusait de bouger alors qu'une forte pression était exercée sur elle par le moteur. Elle menaçait de se rompre, ce que personne ne souhaitait. Une hélice de bateau coûtait très cher et il aurait fallu attendre qu'un autre bateau en ramène une d'une région industrielle comme Pittsburgh. Celui qu'on appelait Greg alors, bon nageur – ce qui était plutôt rare chez les marins –, descendit sous l'eau pour libérer l'hélice d'une corde qui s'y était enroulée et qui l'empêchait de tourner. Lorsqu'il sectionna la corde à l'aide d'un couteau, l'hélice partit en trombe et Greg eut un mollet haché jusqu'à l'os. Une grande tache de sang apparut à la surface et le marin remonta en se hissant à la chaîne de l'ancre. Il ne pouvait plus nager ; il ne pouvait plus marcher. Quelques jours plus tard, la gangrène menaçait et le malade se résigna à se faire couper la jambe. Il se soûla copieusement au rhum et un solide bûcheron sectionna le membre malade au niveau du genou en trois coups de hache, aux hurlements du pauvre homme qui firent frémir les autres membres de l'équipage. Un ébéniste qui était un artiste dans son domaine lui confectionna une jambe de bois qui avait l'allure d'une patte de chaise joliment ouvragée. Avec son nouveau membre, Greg hérita de nouvelles fonctions : il était cuisinier depuis ce temps. Quand il avait le dos tourné et qu'il n'entendait pas, les autres marins l'appelaient « Patte de chaise », plutôt que « Jambe de bois », mais ça, il ne le savait pas.

Une fois les tables débarrassées et nettoyées par un moussaillon appelé Henri le Drôle, la partie de cartes pouvait commencer. Ed s'en alla retrouver sa Lucy pour lui porter son repas et lui tenir un peu compagnie. Sam ne resta pas non plus mais monta plutôt sur le pont, sentant que les Noirs n'étaient pas les bienvenus et, de toute façon, sachant bien qu'il n'avait aucun argent à miser. Harry faisait semblant d'hésiter pour que les autres insistent, ce qu'ils firent, voyant en ce jeune une proie facile à plumer. Bien entendu, il ne leur avait pas dit qu'il était magicien et ne leur avait surtout pas montré ses tours de cartes. Bien qu'il était très fier de son talent, son intuition lui disait que la discrétion était préférable à bord du *Noctambule*…

Ed entendit deux grands cris en arrivant à la cabine. Henri le Drôle en provenait au pas de course, effrayé et paniqué.

— N'entre pas là, il y a un fantôme dans cette cabine ! cria-t-il.

— Un fantôme ? De quoi a-t-elle l'air ? demanda Ed, qui s'aperçut immédiatement de sa gaffe. Mais Henri, trop embrouillé, n'avait rien remarqué.

— C'est une vieille chinoise avec des cheveux noirs comme la nuit qui pendouillent sur sa tête. Elle est couverte d'une peau grise et fait peur à voir !

Ed ne savait pas s'il devait rire ou être insulté. Lucy avait trois ans de plus que lui mais elle n'était pas vieille à faire peur !

— Ne t'en fais pas, Henri. J'en ai vu d'autres. Je viens de New York !

Et Ed avança d'un bon pas vers la cabine qu'il partageait avec Lucy, Sam et Harry. Arrivé à la porte, il se retourna pour s'assurer qu'Henri ne l'avait pas suivi. Le moussaillon s'était sauvé aussi loin et aussi vite que possible. Ed frappa le code : « toc-toc-toc, toc, toc ». La porte s'entre-bâilla et Lucy ouvrit, toute craintive, emmitouflée dans une couverture grise.

— J'ai vu un fantôme !

— Un fantôme ? De quoi avait-il l'air ?

— D'un matelot de vingt ans avec les cheveux sales et l'air idiot. Il est passé au travers de la porte !

Lucy ne blaguait pas. Ed la prit dans ses bras, ne sachant quoi faire d'autre. Il croyait Lucy mais ne croyait pas ce qu'elle disait. Selon lui, Henri avait fait peur à Lucy et Lucy avait fait peur à Henri. Tant qu'Henri croyait avoir eu affaire à un fantôme, Ed ne révélerait pas la présence de sa bien-aimée.

— Regarde ! fit Lucy en pointa la porte de la cabine.

Ed se retourna et vit une empreinte humide sur la porte qui dessinait les contours d'un corps de la taille d'Henri, soit un petit costaud au torse long et aux jambes courtes.

— C'est exactement là qu'il est passé à travers la porte !

Le gros rouquin serra sa douce contre lui, un peu moins pour la rassurer que pour se réconforter lui-même, cette fois.

☆ ☆ ☆

Ils étaient six à la table de jeu pour un poker. Louis Songe, le poète costaud, écrivait dans un coin. Il arbitrait les litiges et calmait les conflits.

Harry n'avait encore rien perdu ou gagné aux cartes. Les mises étaient faibles : de cinq à vingt-cinq cents. Le magicien, qui voyait tout, remarqua que les cartes avec lesquelles ils jouaient étaient marquées. Certaines avaient un coin légèrement plié, d'autres étaient subtilement tachées ou encore encochées avec l'ongle. Harry débrouilla les codes au fur et à mesure que les mains tombaient. Il comprit également qui avait codé les cartes.

Les six joueurs trichaient. En fait, Harry n'avait pas encore triché, mais il avait bien l'intention de le faire. Il ne voulait pas rafler de gros montants et ruiner les autres joueurs qui ne l'inviteraient plus, mais il n'était pas question de se faire lessiver non plus. Le jeune magicien se disait que s'il repartait avec la moitié de un dollar à chaque partie, ses gains paraîtraient modestes et personne n'en serait alarmé.

La plupart des joueurs brassaient mal les cartes et ne les mélangeaient pas vraiment. Harry pouvait faire semblant de les mêler comme pas un alors qu'il les plaçait exactement dans l'ordre qu'il avait décidé. Son astuce était simple : il gagnait tous les soirs un peu alors qu'il faisait gagner les autres beaucoup, chacun à tour de rôle, en commençant par le capitaine, qui n'avait toujours pas prononcé le mot « je ». Il disait plutôt : « Le capitaine se couche » ou « Le capitaine relance. » Son second, Bruno Bonamigo, un grand

Espagnol efflanqué, répétait d'une voix forte ce que le capitaine disait, en plus de parler pour lui-même. Placé juste après son chef, il liait parfois les deux : « Le capitaine se couche et son second avec lui », ce qui faisait sourire les autres.

Au tour de Harry de brasser. Il résista à l'envie de distribuer des mains fabuleuses pour voir monter les enchères. Il ne distribua que des paires et chacun suivit sans relancer, si bien que les deux rois du capitaine lui fit rafler le pot. Le cuisinier, qui servait à boire aux hommes, sonna la cloche de dix heures. Le capitaine se leva et tous les autres à sa suite. La partie était terminée.

Harry rentra à sa cabine comme les autres pour entendre l'histoire de fantôme de Lucy.

7
Les Açores

Le *Noctambule* avait fait une courte escale aux Bahamas pour remplir à ras bord sa cale de charbon. Les Bahamas ne produisaient pas de charbon mais une compagnie américaine y avait aménagé des entrepôts pour fournir les bateaux en direction de l'Europe. Le navire poursuivit ensuite sa course dans l'Atlantique vers les Açores, une petite colonie portugaise au milieu de l'océan, directement sur la dorsale médio-atlantique. Cette fois, une escale de cinq jours était prévue à Ponta Delgada.

Les quatre amis n'avaient pas vraiment remarqué que le *Noctambule* battait pavillon portugais, même s'il avait un capitaine prussien, un second espagnol et un équipage antillais et brésilien. Le bateau était enregistré à Lisbonne et la capitale du Portugal était officiellement son port d'attache.

Le capitaine Verboten décréta cinq jours de congé à ses hommes, sauf pour le cuisinier, qui n'avait congé qu'une fois le repas du soir terminé, jusqu'au déjeuner du lendemain. Mais celle qui avait le plus besoin de descendre à terre était Lucy, qui était confinée dans la cabine depuis le début du voyage.

Ed et Harry descendirent du navire en portant Lucy dans la malle encore une fois. Dès qu'ils se trouvèrent hors du champ de vision du navire et dans un endroit discret, les garçons laissèrent sortir leur amie, qui se mit à courir et à crier sans aucune retenue, en toute liberté. Lucy, Ed et Harry s'attablèrent ensuite à un café au doux soleil de l'après-midi et burent un jus de fruits tropicaux des Antilles que le *Noctambule* avait déchargé la veille.

Une affiche écrite en portugais, une langue qu'aucun d'entre eux ne comprenait, annonçait un chanteur de fado. Le jeune homme sur l'affiche portait un costume complètement noir et ressemblait à un torero mais un brin différent. Il était plutôt de type germanique, blond et de teint pâle. C'était surtout son air de dignité qui l'assimilait à l'illustre profession. Il y avait cependant une tristesse dans son regard, une nostalgie, une douleur qui n'allait pas avec l'expression de force habituelle de celui qui affronte un taureau dans l'arène. Ils accrochèrent l'aubergiste qui, heureusement, maîtrisait plusieurs langues en raison de son métier :

— Dites-moi, s'informa Harry, que fait le jeune homme sur cette affiche ?

— Lui, c'est Orlando da Costa, un excellent fadiste ; un chanteur de fado. Il sera ici ce soir à neuf heures, si vous voulez l'entendre.

— Vous produisez des spectacles ? releva aussitôt le jeune magicien.

— Oui, pourquoi ? Vous chantez ?

— Non. Je suis magicien.

À chaque fois que Harry prononçait cette simple phrase, il se sentait revivre, redevenir lui-même.

— Vous êtes-vous déjà produit devant un public ? lui demanda le tenancier.

C'est Ed qui répondit à sa place :

— Il a été en tournée aux États-Unis avec le Cirque Esteban !

— Avez-vous votre matériel ?

Harry jeta un coup d'œil éloquent à sa malle, puis à Lucy.

— Mon matériel, oui, ainsi que mon assistante !

L'aubergiste était partant :

— Voici les conditions : vous arrivez à huit heures pour défaire votre matériel ; vous commencez à huit heures quinze et terminez à huit heures quarante-cinq. Aucun rappel, aucune prolongation. Vous passez le chapeau pour votre paie. Il faut avoir débarrassé le plancher pour neuf heures.

— C'est d'accord.

Alors que l'aubergiste tourna les talons, ses amis le regardèrent avec de grands yeux incrédules. Harry se frotta les mains d'anticipation.

— Nous avons cinq heures pour monter un *show*! Les cartes, les anneaux, les foulards et une évasion-substitution.

— Je te signale que je voyage incognito… l'interrompit Lucy.

— Qui le sait?

— Justement! Je ne voudrais pas que ma présence soit connue.

Harry réfléchit.

— Ed, tu seras en charge de surveiller la salle et de nous avertir s'il y a des marins du *Noctambule* à la représentation… surtout Henri!

Le soir venu, le spectacle se déroula sans anicroche. L'absence de gros matériel obligeait Harry à faire surtout de la micromagie, de petits tours où les spectateurs sont très près de l'action. Harry parlait à son public dans sa langue, se doutant bien qu'on ne comprenait à peu près rien de ce qu'il disait.

Pour le numéro d'évasion, qui devenait un peu sa marque de commerce, il se fit d'abord attacher les mains et les pieds, puis on le plaça dans une très petite boîte. Ed disposa une cape devant la boîte, fit éclater un pétard et Harry se retrouva *sur* la boîte, les mains libres.

Harry saisit ensuite une «baguette magique» – un bout de bois qu'il venait de trouver – et après moult gestes inutiles, frappa la boîte qui se défit aussitôt pour révéler, à la place qu'il occupait l'instant d'avant, Lucy, dont l'apparition mettait fin au spectacle. Les applaudissements étaient nourris mais la recette en monnaie portugaise s'avéra plutôt maigre.

Lorsqu'il eût rangé son matériel en vitesse, Harry prit place à une table avec ses amis. On lui servit alors un verre de porto, gracieuseté d'un spectateur pas ordinaire : il s'agissait du chanteur de fado à l'affiche, celui-là même qui se produisait dans quinze minutes. Les trois amis restèrent pour le spectacle, impatient de voir les talents de ce grand blond qui semblait faire sensation ici.

Les deux garçons apprécièrent moyennement le récital larmoyant, où une voix pleine de trémolo débitait des paroles qu'ils ne comprenaient pas. Lucy, par contre, en avait le cœur chaviré et la larme à l'œil. Au terme du récital, chaudement applaudi par l'assistance, le chanteur passa le chapeau à son tour, lequel fut rempli beaucoup plus généreusement que le haut-de-forme de Harry. Bon joueur, le magicien voulut lui donner quelques pièces qu'il avait gagnées, mais le chanteur l'en empêcha :

— Pas de ça entre artistes !

Puis, Orlando da Costa demanda à Harry de le rejoindre à la terrasse pour parler de son spectacle.

— Je peux peut-être vous aider à améliorer quelques petites choses…

Harry accepta l'invitation pendant que Lucy et Ed allèrent se balader au clair de lune. Harry ne comprenait pas pourquoi les femmes trouvaient si romantiques les promenades sous la lune main dans la main et pourquoi les hommes étaient prêts à «décrocher la lune» pour certaines femmes. Il faut dire que Harry n'avait pas une très grande confiance en lui avec les femmes, sauf lorsqu'il se produisait en spectacle, où il était le maître de son destin. Il se rappela qu'il avait réussi à parler à la femme de sa vie à Pittsburgh alors qu'il était sur scène et *elle* dans l'assistance.

Le chanteur se pointa à la terrasse tel qu'il l'avait promis, plus coloré que dans son costume noir de scène. Il portait son habit de charme, ce qui le rendait paradoxalement plus fade. Il se présenta à nouveau, alors qu'il se tenait juste à côté de l'affiche annonçant son spectacle.

— Bonsoir. Je suis Orlando da Costa, chanteur de fado et charmeur de ces dames…

— Et moi, je suis Harry Houdini et je suis magicien.

Le chanteur eut un sourire en coin.

— Vous dites ça comme si vous étiez marin ou menuisier, comme s'il s'agissait d'un métier comme un autre. Je sens pourtant une fierté au fond de vous. Dites donc plutôt : « Je suis Harry Hou–di–ni, ma–gi–cien ! Olé !

— Olé ?

— Pas nécessaire… Dites simplement ce que vous êtes avec fierté, car vous êtes fier de ce que vous êtes, non ?

— Absolument !

— Une touche de mystérieux ne serait pas mal non plus. Vous arrivez sur scène sans être présenté, vous parlez votre langue et seulement trois personnes vous comprennent.

— Habituellement, je me produis aux États-Unis d'Amérique et tout le monde me comprend. Mais je vous l'accorde : il est bien d'être présenté au public.

— Et vous faites apparaître une déesse d'Orient à la toute fin seulement… Où est-elle au juste ?

— Partie avec mon ami Ed. D'habitude, elle est sur scène un peu plus longtemps. Je la scie en deux ou je lui coupe la tête.

— J'imagine que ce serait trop vous demander de me faire apparaître une belle Américaine blonde aux yeux bleus ? demanda Orlando.

— J'aimerais bien en être capable, croyez-moi, répondit Harry, solennel. Je la ferais apparaître pour moi.

— Bien vu ! s'exclama le chanteur en flanquant une grande claque à l'épaule de son jeune ami. Parlons spectacle, maintenant. Vous tenez beaucoup à votre nom ?

— Oui, c'est moi qui l'aie choisi.

— Ah bon ! Et comment vous appeliez-vous à l'origine ?

— Ehrich Weiss…

— Vous avez raison. Harry Houdini est mieux. Mais cela ne suffit pas pour charmer votre public.

— Je ne suis pas chanteur… Je préfère fasciner mon public, rétorqua Harry.

— Oui, fasciner, c'est très bien ! Mais vous êtes trop pressé pour y arriver ! Faites des pauses. Laissez les gens imaginer ce que vous aller faire. Laissez-les trouver audacieux, irréalisable, sinon complètement fou ce que vous vous apprêtez à faire avant de les laisser voir se réaliser l'exploit devant leurs yeux. Vous annoncez, vous faites patienter, puis vous surprenez.

Harry prit note de la recommandation de cet habitué de la scène. Mais Orlando avait d'autres conseils encore :

— Prenez aussi une voix mystérieuse…

Harry risqua la voix la plus « mystérieuse » qu'il pu emprunter :

— « Je suis Harry Hou–di–ni et je vais vous faire… de la ma–gie ! »

Orlando éclata d'un rire charmeur et plein de chaleur.

— Vous avez trouvé votre voie dans la magie, il faut maintenant trouver votre *voix* sur scène. Vous verrez que la scène ouvre le cœur des femmes… et pas seulement les cœurs. Il y a beaucoup de riches héritières qui ne demandent qu'à se laisser séduire. Une fois qu'elles vous ont donné la clé de leur cœur et de leur coffre à bijoux, c'est «mission accomplie», et vous passez à un autre défi.

— Je n'ai que quatorze ans! protesta Harry. Et je suis un garçon honnête!

— Quatorze ans, dites-vous? *Maria!* Je vous en donnais plus. Et honnête aussi?

Harry fit signe que oui, avec un air des plus sérieux. Orlando poursuivit:

— Souhaitez-vous devenir riche, Harry Houdini? demanda-t-il, comme s'il en doutait déjà.

— Oui, bien sûr.

— Alors il vous faudra peut-être revoir l'idée que vous vous faites de l'honnêteté.

Le chanteur de charme avala d'un trait le verre de porto qu'il avait apporté avec lui à la terrasse et se leva en baissant doucement la tête, les mains jointes.

— Je vous laisse le bonsoir, rajouta-t-il. Nos chemins se croiseront sûrement de nouveau un jour.

— Bonsoir, répondit banalement Harry, ébranlé par l'idée qu'on pouvait profiter ainsi de l'amour d'une femme.

Harry avait hâte de retrouver Ed et Lucy, dont les valeurs étaient plus près des siennes.

Les trois amis revinrent au café pour permettre à Harry de se produire encore en spectacle les quatre jours suivants, le tout contre quelques centavos – des centièmes de real, dont le jeune magicien se débarrassait au poker. Suivant le conseil d'Orlando, il tenta de placer quelques pauses dans son débit de voix, tout en sachant que la majorité ne comprenait toujours rien à ce qu'il disait. À sa demande, Ed l'avait annoncé en grand sur scène, puis avait emprunté un petit tambour pour exécuter quelques roulements en cours de spectacle et faire monter le suspense. Le dernier soir, Sam vint les voir se produire et fut épaté une fois de plus par les prouesses de son jeune ami.

C'est donc le cœur rempli de joie, et Lucy incognito dans la malle, que tous quatre regagnèrent le *Noctambule* qui repartait en mer le lendemain. Des sacs postaux avaient été embarqués pour le continent. Harry trouva génial de pouvoir écrire à sa mère à partir de cette petite île au milieu de l'océan…

Chère maman,

Nous sommes en ce moment, Lucy, Ed et moi, aux Açores, des îles portugaises au milieu de l'océan Atlantique. Nous nous rendons en Afrique pour ramener un éléphant dont j'ai besoin pour mon spectacle…

Ton fils, Ehrich

Très tôt au matin, le capitaine annonça le départ par son second qui lança un retentissant : « Larguez les amarres ! » Juste à ce moment déboucha sur le port une foule principalement composée de femmes, mais aussi de quelques hommes qui semblaient être tout juste sortis du lit, et qui pourchassait un individu. Il s'agissait du chanteur de fado qui se précipitait vers le navire qui partait. Orlando da Costa attrapa l'amarre au vol et s'écrasa sur la coque comme une bouteille de champagne lors du baptême d'un navire.

8
Lisbonne

Le capitaine Verboten et son second Bonamigo n'avaient pas vu le passager grimper le long de la coque, puisqu'ils étaient au gouvernail. Harry et Ed nourrissaient la fournaise pendant que Sam apportait le charbon aux pelleteurs, tandis que Lucy restait enfermée dans leur cabine.

Les cinq jours passés à quai avaient permis de charger à bord une grande quantité de morues séchées, une spécialité des pêcheurs portugais et basques qui allaient chercher cette manne dans l'Atlantique Nord au large de Terre-Neuve. Les bancs de poissons qu'on y trouvait étaient si compacts qu'ils ralentissaient les navires qui s'y engageaient. L'abondance compensait pour la distance car chaque bateau de pêche revenait la cale bien remplie. Les poissons étaient préparés dans de grands édifices couverts mais ouverts au vent du large qui séchait la morue pour la conserver. Des tonnes de poissons parvenaient ainsi au continent et constituaient un mets bon marché pour les ouvriers. Ce commerce était même plus lucratif que celui de l'or car la demande était plus importante que pour le métal précieux. Tout le monde mangeait tous les jours.

Mais cette odeur, pourtant réduite par le séchage, ne convenait pas aux narines d'Orlando da Costa, chanteur de fado, voleur de dots et passager clandestin à bord du *Noctambule*. Il était parti avec le cadeau que son beau-père avait fait à sa fille : un magnifique coffre à bijoux dont il espérait tirer un bon revenu. Le chanteur de charme perfide s'était fait prendre lorsque sa fiancée avait crié au voleur, d'où la poursuite en robe de nuit dans les rues de Ponta Delgada. Orlando regardait l'île de São Miguel s'éloigner avec satisfaction car il préférait de beaucoup les fiançailles aux épousailles. Il semblait bien que le jeune magicien lui avait parlé de ce bateau qui partait aux aurores, mais il ne savait pas du tout où il allait. Le chanteur aurait bien aimé être accueilli par Harry et ses amis, mais si le bateau avançait, c'était justement grâce à eux.

Orlando se glissa dans la cale pour examiner son butin : il y avait des émeraudes, des saphirs et des rubis, tous assez petits et donc facilement négociables. Il y avait également une dizaine de pièces d'or, et tout le monde acceptait l'or. « Je suis riche ! » pensa-t-il. Mais il devait absolument rencontrer le capitaine du navire avant de se faire découvrir puis jeter à la mer. Il pensa qu'il serait ironique d'avoir à nager vers le port de Ponta Delgada pour sauver sa peau et qu'il coule à cause de sa nouvelle richesse !

Heureusement pour lui, le capitaine lui permit de rester :

— Cela coûtera deux pièces d'or au chanteur blond, marmonna-t-il. Mais il ne reste plus de cabine pour lui.

— C'est d'accord, répondit Orlando en lui tendant volontiers son dû. Maintenant que ce détail est réglé, où allons-nous ?

— À Lisbonne ! répondit le second. Cela vous convient ?

— Fort bien, en fait !

On lui prêta un hamac et il dut dormir seul dans une salle en fond de cale, l'ancien dortoir des esclaves. Les latrines n'avaient pas été vidées depuis une éternité et le délicat artiste dut le faire lui-même, ce qui ne débarrassa pas pour autant l'endroit de l'odeur nauséabonde qui y flottait.

Lorsqu'il retrouva enfin Harry, Orlando lui fit part de ses conditions de voyage désastreuses et demanda s'il y avait une place pour lui dans sa cabine. Harry était embêté. Il aurait bien aimé aider le chanteur mais il voulait protéger Lucy qui, elle, voyageait toujours clandestinement.

— En fait, nous sommes déjà trois, et c'est très serré, lui expliqua Harry avec le plus de diplomatie possible. Si ce n'était que de moi, tu serais le bienvenu, bien entendu…

Harry trouvait le chanteur bien sympathique mais il ne lui faisait pas entièrement confiance…

Orlando prit son repas avec Harry, Ed et Sam et resta pour la partie de cartes. Il avait des sous plein les poches et entendait faire monter son lot, ainsi que les mises, même quand Harry lui servait de très mauvais jeux. Lorsqu'on relance avec une paire de deux… la vie n'est qu'un jeu !

Ne voulant pas s'acharner sur le chanteur, le magicien s'arrangea pour qu'il ne perde pas trop, sans toutefois lui permettre de s'enrichir aux dépens des autres marins. Le seul qui, systématiquement, faisait quelques gains, c'était encore et toujours lui.

☆ ☆ ☆

Le *Noctambule* arriva enfin à Lisbonne où il fallut débarquer les morues et toutes les denrées alimentaires venues d'Amérique. Orlando descendait en territoire de chasse connu, un territoire où il était lui-même connu aussi, ce qui ne l'avantageait pas nécessairement.

Le navire attendait maintenant une livraison d'armes qui n'arriverait que dans une semaine. Pour l'instant, il embarquait des tapisseries, des dentelles et divers produits de luxe. De toute façon, le *Noctambule* n'aurait pu repartir tout de suite car le charbon manquait. Le combustible fossile provenait en grande partie du nord de la France et de la Belgique, mais des grèves importantes touchaient la production dans le moment. Personne ne savait quand il en arriverait de nouveau et en quelle quantité. Il restait bien un peu de charbon dans la réserve du bateau, mais il aurait été trop téméraire de tenter de traverser l'Atlantique avec une quantité aussi juste.

Harry, Lucy et Ed avaient envie de découvrir cette ville qu'on disait être belle et qui devait certainement être différente des villes américaines qu'ils avaient connues jusque-là, notamment parce qu'elle était si vieille. Ne parlait-on pas du «Vieux Pays», en comparaison au «Nouveau Monde» qu'ils habitaient? Les trois amis ne savaient pas que le vieux centre-ville de Lisbonne avait été détruit par un tremblement de terre au siècle dernier et que tout ce qu'ils visitèrent avait à peu près cent ans, tout au plus.

Pendant que les amoureux partaient en balade, Harry s'installa à une terrasse, la malle à ses côtés. Car, si ce bagage avait été fort utile pour sortir Lucy du bateau, il était plutôt encombrant lors d'une promenade. La malle avait été vidée de son contenu en *corned-beef* et des lances de Sam, ce qui l'allégeait beaucoup, mais le matériel de magicien ne quittait jamais son propriétaire, au cas où…

Harry aimait bien l'idée des terrasses, plus rares en Amérique. Elles lui rappelaient les pique-niques en famille, le plaisir de manger dehors, sur une nappe posée sur le sol. Alors que Harry rêvassait à ces agréables moments passés auprès de ceux qu'il avait laissés à Appleton, au Wisconsin, Orlando da Costa apparut devant lui. Le chanteur de fado avait à son bras une créature de rêve, une femme splendide à la longue chevelure brune ondulée, de remarquables yeux noisette entourés de cils longs et abondants. Si le magicien avait hésité à entrer de nouveau en contact avec le chanteur, il avait bien envie de connaître la dame qui l'accompagnait.

— Harry ! Bonjour ! Que fais-tu ici ?

— Je prends un peu de bon temps… et toi ?

— Moi ? J'aime ! J'aime la vie, j'aime l'amour et j'aime Rosalita, ici présente !

Il changea pour le portugais, que Harry ne comprenait à peu près pas :

— Mon amour, je te présente Harry Houdini, un fabuleux magicien que j'ai connu lors de mes voyages autour du monde. Il vient d'Amérique.

Puis, se retournant vers Harry, le chanteur de pomme lui demanda :

— Montre à Rosalita ton talent, mon ami.

Il ne lui laissait pas vraiment le choix. Certains passants s'étaient arrêtés pour voir la suite des choses, car Orlando l'avait présenté en portugais :

82

— Mesdames et messieurs, le grrrand Harry Hou–di–ni !

Le chanteur avait une voix forte, aussi forte que celle d'Ed quand il faisait de la réclame, sauf que la sienne était plus mélodieuse, même lorsqu'il ne chantait pas. On avait envie de l'écouter, ce que, incidemment, plusieurs firent.

Harry fouilla dans sa malle et y trouva un jeu de cartes.

— Choisissez une carte.

Il tendit le jeu à la dame qui attendit qu'Orlando traduise avant de piger.

— Ne me la montrez pas.

Elle plaça la carte contre son corsage et bien des hommes amassés tout autour auraient aimé la voir. Harry brassa le paquet et invita Rosalita à y remettre sa carte. Le magicien brassa de nouveau.

Un public de plus en plus grand se rassemblait autour de la table de Harry, qui vit au dernier rang un marin du *Noctambule* : Henri le Drôle. Le magicien eut un geste de nervosité et le paquet de cartes vola en tous sens. Il saisit au vol la dame de cœur et la présenta à la nouvelle conquête d'Orlando.

— Est-ce là votre carte ?

— Non.

— Et pourtant, c'est ce que vous êtes à nos yeux.

Orlando traduisit. La foule poussa un «oh !» en soupir et applaudit, malgré que la prestation n'eût rien de spectaculaire. Harry connaissait un bon succès avec un tour raté! Il tourna la carte plusieurs fois entre ses doigts et la dame de cœur devint un roi de pique.

— Est-ce là votre carte?

— *Si*.

Nouveaux applaudissements et nouvel attroupement. Harry était lancé. Il sortit d'autre matériel de sa malle puis se jucha dessus. Comme il n'était pas très grand, cette estrade improvisée lui permettait de voir tout le monde, et surtout d'être vu par tout le monde. Henri le Drôle avait disparu. S'il racontait aux joueurs de cartes comment Harry était capable de transformer une dame de cœur en roi de pique, plus personne ne voudrait jouer avec lui. Bien que cela l'embêtait, il se concentra sur le spectacle qu'il donnait.

Entre-temps, Lucy et Ed étaient arrivés sur les lieux.

— Toujours en spectacle, fit son ami en ricanant.

Mais Lucy n'avait pas le cœur à rire: elle avait reconnu le fantôme qui lui avait fait si peur à bord du *Noctambule*. Sans hésiter, elle le saisit par l'oreille et donna un coup de coude à Ed pour lui montrer celui qui passait à travers les portes. Avant qu'Ed n'eût le temps de se retourner, le gredin s'était sauvé alors que Lucy avait encore son oreille entre les doigts! La jeune fille faillit l'échapper tant elle était surprise, et elle contint avec peine un cri d'horreur profond. Lorsqu'Ed vit se qu'elle tenait entre son pouce et son index, il ne put réprimer une grimace de dégoût. Ne voulant pas attirer l'attention sur Lucy, il lui fit signe de demeurer discrète et reporta son attention sur le spectacle de leur ami, qui poursuivit.

Harry exécuta plusieurs tours classiques avec les anneaux de métal qui ne peuvent être défaits que par magie et des mouchoirs qui apparaissent un peu partout, puis termina par un nouveau numéro.

— Il paraît que Lisbonne est une ville de dentelle…

Orlando traduisit, mais pas de façon tout à fait fidèle :

— Il paraît qu'à Lisbonne toutes les femmes sont belles…

Harry voyait bien que plusieurs jeunes femmes lui souriaient joliment.

— Auriez-vous un vêtement de dentelle à me prêter le temps d'un tour ? demanda-t-il à Rosalita.

Traduction d'Orlando :

— Auriez-vous un vêtement de dentelle que je pourrais garder en souvenir de vous ?

La dame lui donna son mouchoir.

Harry le montra à la foule sous tous ses angles, puis le plia en deux, en quatre, en huit… Il souffla dessus entre ses mains et le lança dans les airs.

Le mouchoir s'était transformé en huit papillons blancs qui s'envolèrent au-delà de la foule, laquelle applaudit non seulement au talent du magicien mais aussi à celui du poète qu'il se révélait être. Harry salua en touchant le rebord de son haut-de-forme. Orlando lui arracha son chapeau.

— Donnez généreusement, clama le chanteur de fado de sa voix la plus mielleuse. Donnez à un pauvre magicien qui a pris la peine de venir nous visiter à partir de l'Amérique ! Harry Houdini ! Mesdames et messieurs ! Harry Hou–di–ni !

Au dernier rang, Ed se mit à applaudir, imité par Lucy qui avait placé l'oreille du marin dans sa poche.

Le propriétaire du bistrot sortit pour voir ce qui avait fait se rassembler autant de monde devant sa terrasse. Orlando se présenta et lui expliqua qui il était, pour ensuite faire de même pour Harry. Ravi, leur hôte leur proposa aussitôt de se produire en spectacle le soir même dans son établissement.

☆ ☆ ☆

Harry, Ed et Lucy furent invités par Rosalita à séjourner dans sa riche demeure de notable durant leur escale à Lisbonne. Ed et Harry étaient heureux de ne pas avoir à trimbaler Lucy dans la malle pour embarquer et débarquer du

Noctambule, ce qui pourrait paraître suspect aux yeux de certains.

Parlant de choses suspectes, Lucy leur montra l'oreille qu'elle avait arrachée, avec une facilité déconcertante, disait-elle, à Henri le Drôle.

— Avec une oreille en moins, il sera encore plus drôle ! se moqua Ed.

La dame de la maison sortit une pince à sucre pour que tout le monde puisse se passer l'oreille et l'examiner sans avoir à la manipuler avec les mains. Elle n'avait pas saigné et paraissait sèche.

— S'agit-il d'une oreille de lépreux ? s'interrogea Rosalita.

Lorsque Orlando traduisit la question de sa douce, Ed laissa tomber l'oreille avec horreur. Y aurait-il des lépreux à bord ? N'était-ce pas une maladie qu'il était obligatoire de déclarer ? La servante de la maisonnée ne pouvait arriver à un plus mauvais moment :

— Le dîner est servi !

☆ ☆ ☆

Harry et Orlando faisaient un malheur au café. Dès le deuxième soir, les deux spectacles étaient bien rodés, liés, les numéros entremêlés. Orlando faisait encore de la traduction infidèle, mais Harry s'en était aperçu parce qu'il semblait que le chanteur parlait parfois trop longtemps pour exprimer ce qu'il avait dit.

LES CHRONIQUES DU JEUNE HOUDINI

— Je vous demande de garder le silence pour m'aider à me concentrer...

— Je vous demande un moment de silence pour toutes les victimes de la répression, pour tous ceux qui ont soif de liberté ! traduisit Orlando en portugais.

Ce soir-là, Harry transforma encore une fois un mouchoir de dentelle en papillons blancs, et, sans qu'il n'ait dit quoi que ce soit, Orlando déclara en portugais :

— Voyez la liberté qui prend son envol. Vive la République !

La foule reprit le cri et transporta Harry et Orlando sur leurs épaules en criant :

— *Viva Republica !*

Trois des gardes du roi se trouvaient dans la salle, de sorte que les artistes furent arrêtés sur-le-champ pour sédition. Louis Ier avait beau se faire appeler « Louis le Populaire », il ne prenait pas de chance avec sa cote d'amour et faisait arrêter tous ceux qui pouvaient contredire une si belle relation avec son peuple.

Lucy sortit des coulisses et se glissa dans la foule pendant qu'Ed faisait diversion près de la porte en criant aussi fort qu'il pouvait les dernières paroles qu'il avait entendues :

— Vive la République ! *Viva Republica !*

Les passants se massèrent devant le café et il était très difficile pour les gardes du roi de se frayer un chemin et conduire les deux prisonniers jusqu'à la rue. Harry vit Lucy s'approcher et lui envoyer un clin d'œil. Quelques secondes plus tard, elle avait dérobé aux gardes les clés des menottes pour les lui refiler.

Le magicien se défit aussitôt et libéra, après un court moment d'hésitation, Orlando da Costa, qui avait peut-être déclenché tout ce brouhaha mais qui ne méritait sûrement pas la punition que lui réserveraient les autorités. Profitant de la confusion engendrée par la foule hostile, Harry menotta deux gardes à la ceinture de celui qui ouvrait la voie, sabre haut levé («rien de tel qu'une lame nue pour fendre la foule!», pensa Harry), et s'éclipsa vers les coulisses en entraînant ses amis. Les trois jeunes gens n'avaient qu'une idée en tête: s'extirper de ce cauchemar qui pouvait dégénérer en émeute à tout moment.

Alors qu'il quittait les lieux, Orlando fit honneur à son personnage de héros romantique en levant les bras bien haut et en criant:

— Brisez vos chaînes! Libérez-vous! Vive la République! Tous à l'Alfama!

Orlando savait de source sûre qu'un fadiste pouvait trouver refuge à l'Alfama, ce quartier populaire de Lisbonne où était né le fado, le temps qu'on oublie son nom. Il avait cependant lui-même oublié les affiches sur la devanture du café qui portaient son nom, de même que son portrait, ainsi que celui de Harry Houdini.

9

Attaque de pirates

Harry, Ed et Lucy traversèrent la Baixa, le cœur de la ville, alors que ce cœur battait très fort de l'effervescence provoquée par l'évasion «des artistes». Les gardes disaient rechercher deux «insurgés» qui avaient résisté à leur arrestation. Les témoins embellirent les événements parce qu'ils avaient besoin de héros, de croire qu'il était possible de résister à l'autorité de répression de Louis le Populaire. Le peuple savait bien que ces artistes, un chanteur de fado et un magicien, n'avaient fait appel à aucune forme de violence, ce qui ajoutait au romantisme de leur aventure. On avait vu une mystérieuse beauté orientale aux yeux verts et un farfadet partir avec le magicien vers une destination inconnue, tandis que le chanteur s'était résolument dirigé vers l'Alfama où la population s'était soulevée et avait caché l'instigateur de ce cri du cœur populaire.

Les trois amis convenaient qu'ils l'avaient échappé belle. Leur connivence avec Orlando aurait pu leur être fatale. Ils se demandaient d'ailleurs comment leur ami s'en était tiré.

Harry était étourdi de ce qu'il entendait des débardeurs discutant de cette nouvelle avec beaucoup d'émotion. Ed le «farfadet» trouvait sa description pas très flatteuse. Pourquoi, de toute la riche culture irlandaise, les gens de partout dans le monde ne retenaient que ces créatures légendaires auxquelles les roux étaient tous assimilés?

De leur côté, Orlando et Rosalita s'étaient enfuis dans le carrosse de madame. Les autorités avaient entouré l'Alfama sans y pénétrer, de peur d'attiser davantage la tension populaire. Mais le carrosse de Rosalita avait traversé les limites du quartier sans soucis, les gardes ne se doutant pas qu'un véhicule aussi somptueux puisse transporter un insurgé de basse classe.

Le soir venu, les deux fugitifs avaient regagné la demeure de Rosalita, mais cette accalmie fut de courte durée: après une dispute amère, la dame mit le fadiste à la porte sans ses vêtements et sans sa précieuse fortune qu'il avait soutirée à sa conquête précédente. Orlando se retrouva fauché, laissé-pour-compte au beau milieu de la nuit. Ne pouvant retourner ainsi dans son quartier assiégé, il opta encore pour le *Noctambule*, cette fois comme passager clandestin incapable de payer son passage.

L'artiste se cacha encore à la cale, entre les barils de porto. Pour se consoler, il fit un petit trou dans un des barils et boucha l'ouverture du doigt entre chaque gorgée. «Olé!»

La cargaison d'armes arriva dans l'après-midi du lendemain et les autorités de Lisbonne demandèrent au *Noctambule* de partir aussitôt, de peur que ces armes ne tombent entre les mains de la population. Harry et Ed entreprirent de pelleter du charbon dans la fournaise pour éloigner le peuple de Lisbonne de la tentation de faire la révolution à coups de fusil.

Il fallait pourtant épargner le combustible et ne pas surchauffer les moteurs inutilement. Alors que les deux jeunes amis travaillaient tranquillement, et que Sam les alimentait toujours en charbon, le second du navire, Bruno Bonamigo, vint s'assurer que tout était en ordre. Le marin s'approcha de la fournaise et, chose extrêmement étrange, Harry, Ed et Sam virent sa tête «s'embrumer». De la vapeur monta soudainement de la tête de Bonamigo, l'entourant d'un halo de brouillard. Les trois témoins de la scène échangèrent un regard dubitatif, mais n'en dirent pas un mot pour l'instant.

Lorsque le bateau atteignit sa vitesse de croisière, Harry et Ed furent remplacés par des matelots réguliers du *Noctambule*, dont Henri le

Drôle qui portait maintenant un turban sur la tête. Harry et Ed devaient maintenant nettoyer le pont de nouveau.

L'avantage d'un *steamer* par rapport à un voilier était que le bateau à vapeur nécessitait moins de main-d'œuvre, les manœuvres étant somme toute assez simples : une chaudière actionnait une hélice et le gouvernail donnait la direction. Parfois, certains bateaux à vapeur déployaient également des voiles qui permettaient de profiter des vents en poupe et d'économiser ainsi le charbon. Mais le *Noctambule* n'était pas soutenu par un tel équipement d'appoint.

Gaston Gauvin, le petit Guyanais qui avait travaillé une bonne partie de sa vie dans une mine de charbon, occupait le poste de vigie. Sur un *steamer*, la vigie était un mât sans voile surmonté de ce qui ressemblait à une corbeille, le tout – révolution industrielle oblige – fait de métal. Soudain, on entendit Gauvin s'égosiller :

— Navire à bâbord ! Voilier à bâbord… sans pavillon !

Ed scrutait l'horizon du mauvais côté du navire. Harry, qui ne connaissait pas plus la direction que son ami mais qui avait simplement aperçu le voilier, indiqua la gauche.

Le *Noctambule* naviguait au large du détroit de Gibraltar et le navire qui surgissait semblait sortir tout droit de la Méditerranée. Il était de mise de céder le passage au voilier, moins maniable qu'un bateau à moteur. Le trois mâts, une véritable antiquité, coupa cependant la route au *Noctambule*.

— Les deux garçons doivent descendre à la cale, ordonna le capitaine.

Harry et Ed s'exécutèrent sans protester. Voyant bien que tout l'équipage était fébrile, le magicien tenait à savoir ce qui allait se passer. Il entrouvrit une trappe qui donnait sur le pont pour espionner.

La fournaise n'était plus nourrie et le bateau ralentissait, tandis que l'immense voilier faisait son approche. Une partie de l'équipage du *Noctambule* resta derrière à l'abri tandis que les autres marins avançaient à découvert, sans la moindre protection. De ceux qui allaient accueillir l'autre navire, on pouvait compter le capitaine et son second, Gaston, Henri et Jambe de bois, qui avait un chaudron dans une main et un poignard dans l'autre.

Harry remarqua qu'une brume légère émanait de ceux qui s'étaient avancés. Il voyait par ailleurs les rayons du soleil qui traversaient le capitaine. L'arrière-garde restait à l'ombre, armée de carabines, alors que l'avant-garde ne portait que des armes blanches, dont de magnifiques sabres. Louis Songe était assis par terre, adossé au mât de la vigie, une plume à la main, mettant par écrit la scène qui se préparait.

Les occupants du voilier, de véritables pirates modernes en raison des armes qu'ils portaient, mais avec un siècle de retard en ce qui concernait leur embarcation, voyaient une aubaine dans ce bateau à vapeur qui se traînait et qu'ils entendaient bien assiéger.

Les bateaux se placèrent bord à bord, si bien qu'un seul pas suffisait pour passer d'un à l'autre.

— À l'attaque! cria soudainement le capitaine du *Noctambule*.

— À l'attaque! relança son second un peu plus fort.

— À l'attaque! cria à son tour le capitaine des pirates, un peu surpris de s'être fait devancer.

Les pirates qui étaient juchés dans les cordages se mirent à tirer des coups de fusil sur les marins du *Noctambule*. Harry vit le second être atteint à l'épaule et n'en ressentir qu'une sorte d'agacement avant de continuer d'avancer. La balle qui avait traversé Bonamigo tomba juste à côté de la trappe à partir de laquelle les deux garçons regardaient. Harry saisit la balle: elle était mouillée!

— C'est quoi le truc? se questionna-t-il tout haut.

— Quel truc? demanda Ed, qui ne détournait pas le regard du combat.

— Il y a toujours un truc, continua Harry obstinément.

Les tireurs du *Noctambule* dégommèrent plusieurs marins ennemis, qui tombèrent sur le pont dans un bruit mat où se mêlaient des sons de craquements d'os et d'éclaboussures de viscères. « Crac-splash. »

Les pirates du navire qui n'avait pas de nom se placèrent épaule contre épaule, dans le plus pur style de l'armée britannique. Les officiers et marins du *Noctambule* se trouvaient maintenant entre les deux groupes de tireurs.

— Feu !

Harry n'était pas certain de la provenance de l'ordre, mais le capitaine du *Noctambule* et ses officiers et marins au sabre levé furent hachurés par une rangée de balles qui les traversa de part en part à tous les niveaux.

Bonamigo reçut une balle en pleine tête qui lui étira le crâne vers l'arrière comme une éclaboussure d'eau. Il sembla être parcouru d'un frisson mais continua d'avancer de plus belle. Le cuisinier arriva au bastingage qui empêchait les marins étourdis de tomber à l'eau, tenta de le franchir en levant sa jambe de bois, mais abandonna. Comme les navires se touchaient, il préféra rester à bord du *Noctambule* pour lancer sur trois adversaires l'huile bouillante contenue dans son gros chaudron. Alors que ses victimes hurlaient de douleur à se faire brûler de la sorte, Jambe de bois se mit à rire de ce rire sonore et forcé des hommes en état d'ébriété.

Un homme qui avait évité de justesse la friture tira un coup de feu en direction du cuisinier et toucha sa jambe de bois, qui éclata, coupée en deux. Le marin tomba à la renverse en criant comme si l'expérience fut très douloureuse :

— Le salaud ! Il a cassé ma patte de chaise !

Certains de ses collègues avaient sauté à bord du navire ennemi pour trancher à grands coups de sabre dans la chair vive. Les pirates se défendaient comme ils pouvaient en utilisant leur carabine comme une arme contondante. La crosse ou le canon, selon la façon dont ils tenaient leur fusil, passait simplement au travers l'adversaire et en ressortait tout mouillé. À un moment, le capitaine Verboten se fit proprement décapiter par le capitaine pirate, qui poussa enfin un grand cri de victoire, immédiatement suivi d'un grand cri de douleur lorsque le maître à bord du *Noctambule* lui passa son sabre au travers de la poitrine avant d'aller récupérer sa tête qui avait roulé par l'arrière.

Huit pirates levèrent les mains pour indiquer qu'ils se rendaient, pas très sûrs que les créatures liquides qu'ils avaient attaquées allaient accepter leur reddition. Henri le Drôle, qui avait perdu son turban dans la mêlée, ramassa les armes des vaincus en dansant. Il lui manquait toujours une oreille… Les marins du *Noctambule* attachèrent les pirates dépités les mains derrière le dos. Leur capitaine était mort. C'était lui le plus sadique de la troupe, celui qui les motivait dans leurs méfaits. À présent, les pirates n'étaient plus que des combattants penauds qui avaient perdu contre des forces inférieures en nombre mais combien supérieures en efficacité ! Lorsqu'on tire à bout portant dans la tête de quelqu'un et qu'il te sourit, la partie est jouée !

Le capitaine du *Noctambule* était satisfait. Ses hommes avaient trouvé du combustible : les mâts du corsaire furent abattus à la hache puis débités en bûches de quatre pieds. Les voiles furent soigneusement pliées car elles pourraient servir à la fabrication de hamacs. Le second demanda au capitaine d'épargner le mât d'artimon et de le faire ériger au milieu de leur navire comme force d'appoint. Verboten refusa, arguant que, s'il avait voulu devenir capitaine de voilier, il serait né au siècle précédent. Le vieux loup de mer préférait nettement la mécanique. Il répétait souvent que, de nos jours, un train et un bateau avancent suivant le même principe : on brûle un combustible qui fait chauffer de l'eau, qui produit de la vapeur, qui fait tourner soit des roues de métal sur un chemin de fer, soit une hélice dans l'eau. Dans ces conditions, même lui qui était né dans un pays sans port pouvait devenir capitaine et donner des ordres. La personnalité autoritaire du capitaine, cousin du non moins autoritaire chancelier du royaume de Prusse, lui avait valu sa carrière dans la marine marchande.

— Le capitaine commande un bateau à vapeur, pas un voilier !

10
Madère, îles Canaries et Cap-Vert

Quelqu'un poussa Harry et Ed pour regarder dehors.

— Qu'est-ce qui se passe ?

Harry et Ed crurent un instant s'être fait prendre, car ils savaient que ce n'étaient ni Lucy ni Sam qui les bousculaient ainsi, puisqu'ils regardaient ce qui se passait sur le pont à partir d'une autre trappe. C'était Orlando, amaigri, hagard, dépeigné et puant, avec une haleine de porto, qui se réveillait enfin. Il n'était pas complètement soûl mais suffisamment éméché pour faire fi de la prudence la plus élémentaire en sortant de sa cachette. Les marins avaient choisi la partie de la cale où il se trouvait pour entreposer les premiers morceaux du navire pirate qui serviraient à alimenter la chaudière. La soute où Orlando se cachait était juste à côté de la cale à charbon et de la chaudière elle-même. À son grand désarroi, les barils de porto furent transférés dans une autre cale.

Lorsque le calme revint enfin à bord du *Noctambule*, Lucy retourna discrètement à sa cabine tandis que les trois hommes furent réquisitionnés pour transporter les lourds billots de bois dans le ventre du navire. L'Africain impressionna tous ses collègues en emportant aisément une immense pièce de bois à lui tout seul, alors que les autres devaient s'y prendre à deux pour en faire autant. Harry et Ed peinaient sous la charge, mais ce travail les distrayait de ce qu'ils avaient vu. Ils avaient bien hâte d'en parler ensemble ! Enfin, Orlando alla se cacher dans la cale avant, plus tran- quille, parmi la cargaison d'armes et loin de la chaudière. Il se demandait bien d'où pouvait provenir tout ce bois en pleine mer…

Le *Noctambule* approchait de Madère. Les huit pirates furent placés dans une chaloupe avec deux rames et une barrique d'eau. On les laissa ainsi à eux-mêmes, mais comme ils étaient en vue des côtes, ils avaient de bonnes chances de s'en sortir sains et saufs. Leur ancien vaisseau fut attaché derrière le *Noctambule,* puisqu'on ne pouvait le démonter entièrement et charger ses copeaux sans devenir trop lourd et risquer de couler. Le navire pirate serait remorqué et démantelé au fur et à mesure des besoins. D'où le paradoxe, que Harry ne manqua pas d'obser- ver : le fait de traîner l'autre bateau, que les matelots appelaient maintenant «la baleine», augmentait les besoins en combustible du premier. Le poète de fonction, lui, y voyait une métaphore de la révolution industrielle qui bouffait les reliques du passé, ce qu'il nota dans son carnet.

L'arrêt à Madère n'était qu'une escale d'eau qui ne dura qu'une journée, le temps de renflouer les réserves d'eau douce. Bien que de juridiction européenne, l'archipel de Madère consistait, géographiquement parlant, en des îles africaines. Sans population autochtone et colonisée par les Portugais, Madère était une étape des voyages vers la côte du grand continent noir. Et justement, le voyage du *Noctambule* se poursuivait dans cette direction…

Le *Noctambule* manœuvrait difficilement dans la baie de Porto Santo en raison de sa lourde remorque. Les insulaires s'amusèrent de voir un *steamer* traîner un voilier comme une baleine échouée. L'équipage du *Noctambule* ne s'attarda pas en explications pour justifier la cargaison qu'il traînait, alors que les derniers pirates qui abordaient une autre île de l'archipel, eux, auraient sans doute de longues explications à donner.

☆ ☆ ☆

Réunion de la bande des quatre : Harry, Ed, Lucy et Sam. Premier point à l'ordre du jour : Qu'en était-il au juste de cet équipage ?

Quelle magie ? Quelle malédiction ? Comment s'informer sans attirer l'attention ? Étaient-ils tous des manifestations élémentaires d'eau ?

Lucy vérifia l'oreille qu'elle avait arrachée à Henri le Drôle : il ne restait plus que quelques gouttes d'eau dans le petit flacon en verre que Rosalita lui avait donné et qu'elle gardait dans sa poche.

— Comme nous sommes censés n'avoir rien vu, nous ne pouvons pas poser de questions, avança Harry.

— Il serait probablement très dangereux d'en parler, même, rajouta Sam.

Lucy mit son grain de sel :

— Peut-être ont-ils déplu à un dieu ou à un démon pour être aux prises avec une telle malédiction ?

— Je ne suis finalement pas certain de vouloir connaître les détails… conclut Ed, visiblement inconfortable.

La culture superstitieuse des Irlandais refaisait surface. Il ne voulait pas se frotter à des entités trop fortes pour lui, même avec Harry, Sam et Lucy à ses côtés…

Deuxième point à l'ordre du jour : Orlando da Costa. Le silence. De quelle façon aborder le problème ?

— Nous ne sommes pas responsable de lui ! s'exclama Lucy qui n'aimait pas tellement son côté « charmeur de dames ».

Elle aimait beaucoup plus les garçons simples et honnêtes comme son Ed. Elle lui sauta d'ailleurs au cou et l'embrassa, heureuse d'avoir à ses côtés l'homme de ses rêves. Ed, qui n'avait pas suivi les pensées de Lucy, fut surpris de cet élan d'affection, aussi intempestif que hors de propos. Mais il acceptait toujours l'amour que Lucy lui donnait. Sam ramena la conversation sur le sujet délicat. Devaient-ils dénoncer le clandestin (près d'une côte, si possible) ou, au contraire, lui fournir l'asile dans leur cabine ?

— Mais les matelots peuvent entrer n'importe quand ; ils passent au travers des portes !

La voix de Lucy commençait à être stridente. Elle ne voulait pas que les membres de l'équipage la jettent à la mer comme passagère clandestine, ou qu'ils fassent pire encore, puisqu'elle était la seule femme à bord.

— Je ne les laisserai pas faire, déclara solennellement Ed.

Mais que pouvait-il faire contre des fantômes d'eau invulnérables ?

— Je les jeterai dans la chaudière et ils finiront en vapeur ! reprit-il.

« Voilà une idée à creuser », se dit Harry. Il fut décidé de ne pas dénoncer Orlando mais de ne pas lui accorder l'asile aux risques et périls de Lucy. Par contre, ils allaient lui fournir un peu de nourriture.

— Moi j'opte pour deux boîtes de *corned-beef*, déclara Lucy.

— Au moins cinq ! renchérit Harry.

— Deux ! intervint Ed.

— Cinq, voyons !

Sam tempéra :

— Disons une, mais une de chacun de nous. Ce n'est pas un gros sacrifice.

Ed n'était pas totalement en accord avec cette dernière affirmation ; il adorait le *corned-beef*, et c'était pour lui un gros sacrifice. Il comprenait cependant la charité de la proposition. Harry ajouta à l'offrande une pomme de terre crue qu'il avait cachée. Ed lui fit les gros yeux, mais le magicien en fit apparaître une deuxième, qu'il lui tendit.

Orlando reçut donc ce soir-là quatre boîtes de *corned-beef* et une pomme de terre crue. N'ayant rien mangé depuis quatre jours, il avala immédiatement le contenu d'une boîte ainsi que sa pomme de terre. À la faveur de la nuit, et suivant le conseil de ses bienfaiteurs, il se glissa sur « la baleine » par le câble qui l'attachait au *Noctambule* et se cacha au plus profond du bateau pirate. Il y trouva même une tranche de pain moisi qui avait échappé aux fouilles. Avec l'expérience qu'il avait maintenant de la misère, il pourrait écrire lui-même des chansons tristes et les chanter !

☆ ☆ ☆

On approchait maintenant des îles Canaries.

Au dîner, Louis Songe s'assit avec Harry et partagea avec lui l'histoire de ces îles mythiques où la mythologie gréco-romaine situait la fin du monde.

— Tu comprends, c'était la fin du monde parce que c'était la fin du monde *connu*. Ces îles étaient connues depuis longtemps par d'autres peuples voyageurs de l'Antiquité sous le nom des « îles Fortunées » ou des « îles des Bienheureux ». C'est ici que se trouvaient les champs Élysées, le lieu de repos des âmes vertueuses. Es-tu, Harry Houdini, une âme vertueuse ?

— J'ose le croire, répondit timidement Harry. Mais je ne me pose pas la question tous les jours.

Harry aimait bien le poète, mais il était mal à l'aise face à sa grande intelligence et à ses questions et propos désarmants. Qu'est-ce qu'il lui demandait exactement ? S'il était en paix avec lui-même ? Car Harry l'était. C'est avec cet équipage qu'il ne l'était pas. Il cachait une passagère clandestine et en nourrissait un autre. Il trichait aux cartes (comme les autres, mais cela ne changeait rien) et il ne disait pas ce qu'il savait à propos de leur état particulier. Pour lui,

107

c'était une question de survie. Louis Songe poursuivit son récit :

— Bien avant l'arrivée des Européens vivait ici un peuple, les Guanches, de grands blonds de plus de six pieds, divisés en deux groupes de même apparence mais de conditions inégales. Les uns vivaient dans des cavernes à l'état sauvage, et les autres habitaient dans des maisons et avaient des dirigeants et des prêtres. Ils cultivaient le sol et élevaient des animaux. Ils étaient modernes.

— D'où venait ce peuple ?

— Voilà une bonne question pour les philosophes ! répondit le poète.

— Leur avez-vous demandé, aux Guanches ?

— Ils ont disparu depuis belle lurette…

Louis lui parla également d'un langage inventé sur l'île : le silbo.

— Comme les habitants ne pouvaient communiquer facilement entre les vallées inaccessibles, ils se sont mis à siffler.

— À siffler ?

— À siffler !

Ces grands blonds qui sifflaient firent penser Harry au passager clandestin de «la baleine», mais il n'en parla pas. Il n'en siffla pas un mot…

☆ ☆ ☆

Orlando avait choisi le crépuscule pour se lancer à l'eau avec un baril qui flottait, un peu bas puisqu'il contenait encore un quart de porto, la portion que le chanteur n'avait pas bue, mais qui flottait tout de même. Il tenta d'embarquer sur le baril, mais celui-ci roula aussitôt, de sorte qu'Orlando resta la moitié du corps dans l'eau. Le capitaine l'aperçut mais préféra ne pas sévir contre le clandestin. «De toute façon, il va sans doute se noyer», pensa-t-il.

Alors qu'Orlando faisait un effort supplémentaire pour prendre place sur le baril, une forte vague l'y aida. Il se coucha à plat ventre sur sa barque improvisée pour garder son équilibre puis sortit de ses vêtements une petite pagaie qui touchait à peine l'eau. C'est ainsi qu'il se dirigea vers la côte de la Grande Canarie, au rythme des vagues qui le poussaient vers la plage.

Une fois le *Noctambule* à quai, Lucy et Ed voulurent rester dans la cabine. Ainsi, les deux garçons n'auraient pas à transporter la malle à terre.

Harry partit seul dans les rues de Las Palmas, les mains dans les poches et en sifflant. Il se dirigea vers la rue des cafés et fut surpris et amusé d'entendre une voix connue, celle d'Orlando da Costa, chanter d'une belle voix triste. «Il n'aura pas mis beaucoup de temps à se remettre à la tâche», pensa Harry. «Un chanteur de fado retrouve toujours le fil de son destin », lui avait un jour dit Orlando. « Peu importe où il se retrouvera dans le monde, il sera toujours fadiste, alors que moi, Harry Houdini, serai toujours magicien… » se dit-il.

Fin de la chanson ; applaudissements. La chanson suivante brisait la tradition du fado avec des rythmes enlevants. Et le public riait ! Harry, étonné par la réaction, demanda à un couple de Britanniques qui écoutaient comme lui s'ils comprenaient ce qu'Orlando disait.

— Il parle d'un pauvre chanteur de fado qui voyageait incognito sur un bateau à vapeur fantôme et qui s'est enfui sur un baril de porto après en avoir bu la moitié.

Harry voyait bien qu'Orlando mimait le fuyard tentant de maintenir son équilibre. Il venait d'inventer un nouveau genre : le fado rigolo !

☆ ☆ ☆

Plusieurs jours plus tard, le *Noctambule* passa au large du Cap-Vert sans s'arrêter. Il faisait une chaleur étouffante. Bien qu'une île, le Cap-Vert subissait l'influence du Sahara et cette canicule était un effet direct de sa proximité avec l'immense désert.

Toujours occupé à différentes tâches sur le pont, Ed fut alors témoin d'un phénomène étrange: il vit une vapeur s'élever au-dessus d'Henri le Drôle. Le marin fantôme était en train de s'évaporer devant ses yeux ! Devant la menace du soleil qui plombait, le capitaine, secondé par Bonamigo, convoqua ses hommes en réunion d'urgence dans la cale.

Verboten confia le gouvernail à Harry, lui commandant de diriger le bateau en ligne bien droite. Il demanda par ailleurs à Ed de descendre l'avertir s'il se produisait quoi que ce soit d'anormal. Les deux garçons se disaient quant à eux qu'il n'y avait pas grand-chose de *normal* à bord…

11
Afrique

Les parties de poker avaient repris et Harry décida de continuer d'y participer pour améliorer doucement sa position financière. Il avait toujours en réserve les quarante dollars pour la place de l'éléphant, mais il faudrait lui acheter du fourrage et quelques fruits pour le nourrir en cours de voyage. Il entendait bien demander conseil à Ed à ce propos.

Outre les quatre-vingts dollars consacrés au transport du pachyderme, le jeune magicien avait en poche quinze dollars supplémentaires gagnés à brasser les cartes en sa faveur. À ce rythme-là, il pourrait gagner sa vie comme joueur professionnel. Il préférait toutefois éblouir les gens plutôt que les tromper discrètement.

Harry savait très bien que la prestidigitation était une forme de tromperie. Il disait : «Je vais faire ceci ou cela» et il donnait aux gens l'illusion qu'il l'avait fait. Quand il tranchait Lucy en deux, il ne la sectionnait pas vraiment. Mais les gens n'étaient pas dupes, hormis quelques exceptions. En effet, Ed croyait dur comme fer que son ami avait des pouvoirs paranormaux et, même si Harry, sans dévoiler tous ses secrets, lui avait expliqué à maintes reprises qu'il s'agissait de spectacle, de faire croire à une illusion, le gros rouquin demeurait convaincu du contraire.

Jambe de bois servit à boire. Le cuisinier uni-jambiste s'était fait recoller sa patte de chaise par le menuisier du bord. L'ouvrier avait remplacé la partie manquante, à la hauteur du genou, par du caoutchouc et avait fixé le tout avec deux attelles.

— Peut-être pourrais-tu me concocter un pied de caoutchouc également, lui avait demandé Jambe de bois, mi-sérieux.

On offrit du porto à Harry, qu'il refusa en rappelant qu'il n'avait que quatorze ans. Les autres insistèrent jusqu'à ce qu'il accepte finalement, bien qu'il ne toucha pas à son verre de la soirée. Diplomatie, compromis.

Harry distribua les cartes : quatre as au capitaine, deux paires au second, cinq cartes de la même couleur à Gaston et une main pleine au poète qui jouait pour une rare occasion. Lui-même se donna une quinte royale, la plus haute main du jeu. Chaque joueur relança de cinquante cents dans un premier tour et de un dollar le tour suivant. On comptait plus de cinquante dollars sur la table alors qu'aucun d'entre eux ne gagnait plus de dix dollars par semaine! Le brasseur remporta la mise et il s'aperçut que la probabilité que toutes ces mains soient déposées dans un même tour était tout à fait nulle. Il y avait cinq as sur la table : les quatre du capitaine et celui de sa quinte royale! Louis, qui brassait pour le prochain tour, ramassa les cartes sans faire de commentaire. Il eut juste un petit temps d'arrêt en ramassant le jeu de Harry.

Les tours suivants se passèrent normalement, Harry ayant fait disparaître l'as supplémentaire. Pour faire bonne figure, il perdit systématiquement jusqu'à la fin de la soirée. Le jeune magicien était très observateur et capable de calculer mentalement différentes données à la fois. Il laissa filer douze dollars sur les cinquante-quatre qu'il avait gagnés ; il lui restait donc quarante-deux dollars de gain net en une soirée. Il aurait bien préféré se retirer plus tôt, mais cela ne se faisait pas. Il fallait laisser la chance aux autres joueurs de reprendre leurs pertes.

Au terme de la partie, Harry suggéra à ses collègues de jeu de devenir croupier à leur service et d'être le seul à donner les cartes, sans jouer lui-même, contre une contribution de quinze cents de chaque joueur. On accepta de gaieté de cœur, chacun considérant qu'il perdrait moins ainsi. Harry, qui venait de vider bien des poches, ne souhaitait pas se faire d'ennemis et attirer trop d'attention sur lui. Par contre, il désirait continuer à observer de près ce curieux équipage… et à faire un peu d'argent : soixante-quinze cents par soirée.

Il n'avait pas encore vu chez Louis le poète, ainsi que chez cinq autres marins, des signes de l'étrange malédiction d'eau remarquée chez la plupart des hommes à bord. Il voulait avoir le cœur net à leur propos.

☆ ☆ ☆

Les îles qui parsemaient la côte africaine exigeaient une main de maître au gouvernail et des marins d'expérience aux commandes. Le capitaine et son second se présentaient très rarement sur le pont, de peur de s'évaporer au chaud soleil. On voyait parfois un marin sauter à la mer pour revenir à bord tout ragaillardi.

Harry cherchait à se faire un allié parmi les marins qu'il considérait comme «normaux». Mais il ne pouvait pas parler sans trahir le fait qu'il était au courant de leur condition. D'ailleurs, il devait demeurer discret en raison du secret qu'il tentait de préserver : Lucy. Il ne voulait surtout pas qu'on la découvre car, même gentiment débarquée dans le port suivant, que ferait son assistante pour survivre ? Voler des gens qui n'ont rien ? Laver leurs vêtements alors que la plupart d'entre eux se promenaient presque nus ? Non. Si Lucy devait être découverte et bannie du bateau, ses deux amis resteraient avec elle pour trouver une façon de revenir en Amérique. Pour l'instant, il s'agissait pour elle de rester bien à l'abri dans la cabine, et pour les deux garçons de ne pas éveiller de soupçons.

Ed, qui venait d'arriver du pont, tenait en main un papier roulé. Il était fier de montrer à ses compagnons de chambre un dessin du «grand Houdini» et du «fabuleux Orlando».

— Où l'as-tu trouvée, Ed? s'informa Harry, qui avait reconnu l'affiche de Lisbonne.

— Elle était sur notre porte…

— Qui peut bien l'avoir mise là? demanda-t-il encore, consterné.

— Je ne sais pas, moi! Ne peux-tu pas le savoir par magie? Je l'ai trouvée, c'est tout! Je croyais que tu serais content. D'habitude, tu es heureux quand on parle de toi…

Harry aimait en effet la publicité qui se faisait autour de lui. Le magicien convenait lui-même qu'il avait un *ego* un peu démesuré. S'agissait-il là d'un trait de caractère ou d'une déformation professionnelle? Seulement, cette fois, il se serait bien passé de cette marque de notoriété…

— Celui qui a mis cette affiche apprécie peut-être mon assistante…

Ed alluma tout d'un coup. Celui qui avait placardé l'image de Harry, précisément sur la porte de leur cabine, savait d'abord qu'ici séjournait «le grand Houdini». Le colleur d'affiche avait sûrement vu un de ses spectacles. Il avait certainement remarqué l'assistante de Harry – qui ne remarquerait pas sa chère Lucy? Ed s'élança vers la porte pour l'ouvrir en coup de vent, jeta un regard dans le couloir puis la referma. Il plaça ensuite la malle devant la porte pour la bloquer.

— Tu crois que ça arrêtera un fantôme, mon chéri?

Ed balbutia.

— Non… peut-être pas…

Elle ne l'avait jamais appelé «mon chéri». Tout à coup, il flottait. Même quand elle l'appelait «mon idiot», Ed était heureux. C'était le «mon» qui importait en fait, même s'il préférait «mon chéri» à «mon idiot». Le gros garçon prit sa compagne dans ses bras. Il avait trouvé ce truc pour se sortir de l'embarras lorsqu'elle le faisait rougir ainsi.

☆ ☆ ☆

Le *Noctambule* s'approchait de la Guinée portugaise, une colonie fondée il y avait à peine neuf ans. «Un pays plus jeune que nous!» s'amusait à penser Lucy, bien qu'il ne s'agissait pas techniquement d'un pays. La Guinée portugaise était un territoire dépendant du Portugal, sa mère patrie, contrairement à l'ouest de l'Afrique, sur lequel l'Angleterre et surtout la France avaient fait main basse. La

Guinée portugaise était toute petite en comparaison du Sénégal, son voisin du nord, qui appartenait aux Français, comme la Guinée française, au sud.

Contrairement à l'Amérique où le nombre de colons était maintenant plus élevé que le nombre d'autochtones, l'Afrique était encore et toujours principalement un continent où les colons dirigeaient la vie politique et économique au bout du fusil. Les métropoles pillaient les ressources naturelles, alimentaires et minérales pour nourrir l'industrie naissante de l'Europe. Par le passé, le commerce principal était l'esclavage, vers le Brésil d'abord, la grande colonie portugaise de l'Amérique du Sud, mais aussi vers les Antilles et les États-Unis.

Mais les grandes puissances européennes avaient aboli l'esclavage, et l'on s'apprêtait à en faire autant au Brésil. Ainsi, les Portugais cherchaient maintenant en Afrique à exploiter l'or, les diamants et même les arachides !

Le *Noctambule* remontait un détroit et se dirigeait vers Bissau, la capitale de ce coin du monde – le plus gros village de la région. Le navire attirait toujours l'attention des riverains à cause de la coque qu'il remorquait. Ce convoi était difficile à conduire dans les méandres du port et le capitaine tenait lui-même la barre sous un chapeau à large bord pour se protéger du soleil.

119

Le *steamer* accosta enfin; le capitaine et son second descendirent les premiers. Ils devaient s'entendre avec l'intendance du port pour livrer les armes dans les plus brefs délais et dans les meilleures conditions de sécurité possible. La garnison se déploya et les marins du *Noctambule* entreprirent de décharger les grandes caisses contenant les fusils et celles, plus petites mais plus nombreuses, contenant les munitions. On avait donné congé à Sam parce qu'il était noir – aucun Noir ne pouvait toucher aux armes –, de même qu'à Harry et Ed, que Verboten considérait trop jeunes pour ce genre de besogne.

Lucy et Ed restèrent bien cachés dans la cabine tandis que Harry et Sam avaient hâte de descendre à terre pour des raisons différentes.

Harry, lui, voulait mettre sur pied un plan pour trouver son éléphant. Sa confiance en lui et en l'aboutissement de ses projets à ce jour l'avait aveuglé quant à la faisabilité de son projet… car il ne savait trop comment y arriver! Il comptait un peu sur l'expertise et les vastes connaissances de Sam Jones. Sauf que, si son grand ami était noir, il était maintenant beaucoup plus américain qu'africain, et de culture amérindienne en plus.

Sam, pour sa part, voulait découvrir le continent qui l'avait vu naître, trente-cinq ans plus tôt. Il ne connaissait pas le village où il était né et n'était pas même certain du pays parmi ce vaste continent. Tout ce qu'il savait était qu'il venait bel et bien d'Afrique, et que sa première langue aurait été le dogon, parlé en Afrique occidentale, mais une langue de l'intérieur.

Les peuples africains de la côte servaient souvent d'intermédiaires entre les bassins de population de l'intérieur du continent réduits en esclavage et les Européens qui les achetaient pour les revendre en Amérique et dans les Antilles. Même si ce commerce avait été aboli, les séquelles demeuraient. Les peuples qui avaient été victimes de ce commerce monstrueux gardaient rancune à ceux qui avaient profité de leur misère, de sorte que les Blancs n'osaient entrer sur le continent sans être fortement armés. Même dans une grande ville de la côte, il était très rare de voir un petit Blanc se balader avec un seul garde du corps, noir et, de fait, non armé.

Les Guinéens s'amusaient beaucoup de voir Harry et Sam se promener ensemble. Le jeune homme ne mesurait que cinq pieds et trois pouces, et Sam le dépassait d'au moins un pied, sans compter cette chevelure immense qui lui ajoutait encore plus de hauteur ! Et le « maître » – tel qu'on appelait un Blanc en ces lieux – portait lui-même une valise, toute petite il est vrai, mais c'est *lui* qui la portait, tandis que son compagnon avait les mains vides… Harry avait tenu à emporter un peu de matériel de magie mais avait laissé la grosse caisse dans la cabine puisque Lucy n'était pas débarquée.

Harry s'aperçut que les parties européennes et africaines de la ville étaient facilement identifiables par la différence de leur richesse et de leur aménagement. Les Européens avaient de luxuriantes maisons carrées sur des rues bien entretenues et les Africains habitaient de pauvres cabanes rondes où couraient librement les poules, picorant pour trouver elles-mêmes leur nourriture.

Harry s'arrêta entre les deux mondes. Il ne se gêna pas pour parler aux gens, principalement des enfants, comme s'il était certain d'être compris. Étant donné la pauvreté apparente de son public – plusieurs femmes étaient nues au-dessus de la taille, ce qui le dérangeait un peu –, son spectacle serait gratuit aujourd'hui. Son haut-de-forme resterait sur sa tête.

Les tours de cartes eurent peu de succès ; les anneaux magiques, guère plus. Harry joua le mystérieux avant de sortir une pièce de l'oreille d'un enfant. Il en sortit une autre sous le menton d'une petite fille. Enfin, on réagissait un peu plus. Les pièces qu'il distribuait ainsi étaient les centavos gagnés à Lisbonne. Cette monnaie avait cours ici et le mot se répandit : « Un magicien fait apparaître de l'argent sur la grande place ! » La foule commença bientôt à se presser autour de Harry. Bien que Sam ne comprenait pas le portugais, il avait bien compris la situation.

Il ferma la valise de Harry et ramena le jeune magicien sous son bras jusqu'au *Noctambule*.

12
Un homme libéré,
un éléphant capturé

— Ces gens sont très pauvres, Harry ! s'écria Sam.

— Ce n'étaient que quelques pièces…

— Pour toi ! Imagine un Africain débarquant à New York pour distribuer des dollars. Tu ne crois pas qu'on le bousculerait un peu ?

Harry comprit que Sam avait eu peur pour eux deux, mais il n'avait pas l'intention de demeurer bien longtemps à bord du bateau :

— Je ferai plus attention, Sam, promit-il en baissant les yeux. Mais pour mon éléphant ? Tu parles africain, tu pourrais m'aider…

— Il y a plus de deux cents langues en Afrique, et non, je n'en parle aucune. Si tu veux que je t'aide, il faudra descendre avec moi au Liberia où la population parle anglais comme toi et moi. Au fait, as-tu pensé à quelqu'un pour guider ton éléphant lorsque tu l'auras trouvé ?

— Ed…

— Ed connaît les éléphants ?

Le jeune rouquin se tenait bien droit, les bras croisés et le regard fier.

— Je connais, oui…

Décidément, la jeunesse américaine avait le don d'épater Sam.

☆ ☆ ☆

Ils passèrent quelques jours à longer la côte africaine par une chaleur accablante. Les deux garçons étaient pratiquement toujours sur le pont parce que personne d'autre ne voulait y rester de peur de s'y assécher complètement.

Harry était au gouvernail et Ed à la vigie. À un moment, le *Noctambule* croisa un bateau britannique d'un peu trop près à leur goût, et la vigie de l'autre navire demanda à Ed : « Quelle nationalité ? » en parlant, bien sûr, du bateau. Ed répondit avec beaucoup de fierté : « Irlandais ! », en parlant de lui. La vigie fit rapport à son capitaine qu'un bateau irlandais battant pavillon portugais patrouillait les côtes de l'Afrique occidentale. Le bruit courut et toute la flotte britannique se mit bientôt à la recherche de ce fameux bateau irlandais.

Mais le *Noctambule* dépassa la Guinée française sans interruption, puis ensuite la Sierra Leone, et finit par arriver au Liberia, l'étape suivante de son long itinéraire. Le temps nuageux et un peu plus frais permit au capitaine et à son second de diriger les délicates opérations d'accostage à Monrovia. Harry s'était aperçu que l'équipage adorait la pluie, même l'averse torrentielle qu'ils avaient eu l'occasion de goûter il y avait quelques semaines. Alors que Harry, Ed et Sam étaient restés dans leur cabine pendant la tempête, presque tous les marins avaient préféré demeurer sur le pont à s'amuser et à chanter des chansons grivoises.

Le capitaine accorda trois jours à Harry pour embarquer son éléphant, comme si le magicien ne devait que récupérer un animal de compagnie qu'il aurait laissé en pension ! Le *Noctambule* partirait le quatrième jour au matin, éléphant ou pas à son bord. Il y avait une cale à l'avant avec une grande trappe pour descendre des cargos plus importants à l'aide d'une grue. Ce compartiment avait surtout servi par le passé à transporter de grands troncs de bois précieux. Harry était prêt à parier qu'un pachyderme de cinq tonnes n'avait jamais été descendu dans cette cale !

Ed descendit avec Harry et Sam tandis que Lucy restait seule en cabine où elle se barricada. Sam apporta son maigre bagage et ses lances enroulées dans une couverture. Le grand Afro-Américain s'enregistra d'abord au poste d'immigration, où il fut accueilli avec effusion, chose qu'il n'aurait jamais imaginé d'un fonctionnaire en devoir.

— Bienvenue au Liberia! lui lança l'agent d'immigration. Vous êtes maintenant un homme libre. Que faisiez-vous comme métier en Amérique?

— J'ai travaillé dans les champs de coton. Je sais aussi construire des maisons de bois et je suis chasseur d'alligators!

— Et qu'entendez-vous faire ici à présent?

— Actuellement, je voudrais capturer un éléphant pour un ami magicien qui entend par la suite le faire disparaître…

Sam expliqua la situation de Harry, n'attendant rien de l'officier qui était encore ravi de l'arrivée en son pays de cet esclave libéré.

— J'ai peut-être la solution, lui annonça l'homme. Un bébé éléphant conviendrait-il?

— Sûrement!

— Un groupe d'éléphants ont été massacrés par des chasseurs d'ivoire non loin de la capitale. Un petit a été épargné parce qu'il n'avait pas encore de défenses…

— Nous n'avons pas d'argent…

— Il faudra alors nous aider à le capturer. Qu'il parte en Amérique ou qu'il nourrisse les prédateurs, son destin ne sera pas plus mauvais ni meilleur!

— Peut-on faire rapidement? Nous avons seulement trois jours.

— Je ferme le bureau et nous partons. Avez-vous votre équipe?

Sam n'aurait jamais osé en espérer tant. Le service d'immigration du Liberia était on ne peut plus... serviable.

Son équipe, soit Harry et Ed, attendait dehors, dans le petit carré d'ombre que procurait une galerie couverte ceinturant le modeste immeuble. Harry remarqua que le bâtiment administratif avait adopté la forme carrée du colonisateur, malgré que le Liberia eût été un pays né libre, *sans* colonisateur.

En apprenant la rapidité et la facilité avec lesquelles son problème allait être résolu, le jeune magicien sauta dans les bras de son grand ami. Dans le fond, se disait-il, il avait bien raison d'avoir confiance en la vie.

Harry et Ed partirent sur-le-champ avec trois jeunes Africains de leur âge, plus Sam et le fonctionnaire, pour les faubourgs puis pour la savane. Les deux hommes et les cinq jeunes n'eurent pas long à faire avant d'arriver à un bosquet où il était clair que l'animal s'était réfugié.

— Il a peur et n'a nulle part où aller, expliqua leur guide.

La troupe entra doucement dans le bosquet pour voir aussitôt le jeune éléphant, figé sur place, totalement effrayé en effet. Harry remarqua aussitôt que le pauvre animal portait des traces de griffures sur le dos.

— Il a déjà été attaqué par un fauve, affirma
le guide. Il a de la chance d'être toujours en vie.

Ed s'avança un peu plus en lui présentant
quelques larges feuilles, lesquelles l'éléphant
mangea placidement. Il ne mourrait pas de
faim car il avait beaucoup de végétation à sa
portée, mais il sembla accepter la nourriture
pour montrer qu'il permettait qu'on s'approche
de lui. Les trois jeunes Africains se placèrent
autour de l'animal et les deux Américains de
chaque côté. Harry ne disait pas un mot, recon-
naissant son incompétence en matière de cap-
ture d'éléphanteau. Et même si Ed en savait un
peu plus long au sujet des éléphants, ceux qu'il
avait appris à soigner au cirque n'avaient
connu que la captivité. Les choses étaient
nécessairement très différentes pour une bête
non apprivoisée.

Ed raconta à la bête une histoire comme il
l'avait fait avec le vieux El Bimbo sur le traver-
sier du New Jersey. L'éléphant balança ses
petites oreilles comme s'il disait : « Vas-y, je
t'écoute ! » En fait, sans le savoir, Ed avait pro-
curé à l'animal ce dont il avait le plus besoin : la
sécurité du groupe. Il était entouré de plus
grands que lui – bien que fort peu semblables à
son ancien troupeau – qui, sentait-il, le proté-
geraient des prédateurs.

Selon l'officier d'immigration, les griffures de
l'animal lui avaient probablement été infligées

par des charognards qui profitaient des car-
casses laissées par les hommes, alors que l'éléphanteau s'attardait auprès des siens. Il aurait
dû avoir peur de ces nouveaux hommes, mais
ceux-ci n'avaient rien de menaçant. Et puis, ils
l'avaient nourri et non blessé.

— Que de bouleversements pour un si jeune
éléphant ! s'exclama Ed.

La procession traversa Monrovia et se dirigea
vers le *Noctambule*. Impossible de ne pas s'arrêter pour regarder passer ces cinq jeunes
enfants – dont deux Blancs – qui, suivis par
deux hommes, guidaient un éléphant au travers des chemins du village.

Lorsque la troupe arriva près du bateau, des
marins glissèrent une large plate-forme jusqu'au
quai, permettant à l'éléphant de monter à
bord… ce qu'il fit avec beaucoup de réticence,
les éléphants n'étant pas conçus pour naviguer.
L'animal avança peu, arrêta, barrit, résista
avant d'avancer d'un pas encore. Il semblait
crier sa peur et pleurer son destin cruel. Après
un effort conjugué des Africains et des marins,
l'éléphant finit par monter. Mais sur le pont, il
se mit à avancer trop rapidement vers le trou
qui lui était destiné. Ed cria à Harry :

— Place-toi devant ! Vite ! Place-toi devant lui !

Harry ne discuta pas et barra la route à l'éléphant, qui s'arrêta tout juste avant le trou, sur les pieds du magicien, qui eut très chaud.

À quelques pouces derrière lui s'ouvrait un trou béant d'une profondeur de vingt-cinq pieds et, devant lui, il y avait un éléphant qui lui marchait sur les pieds. Un petit éléphant, soit, mais capable tout de même de le pousser à la renverse dans la cale, où il ne manquerait pas de se rompre les os. Ed perçut la détresse de son ami :

— Pousse-le doucement vers l'arrière...

Et Harry découvrit avec soulagement qu'un éléphant, ça recule aussi.

Pendant que les autres harnachaient l'éléphant pour le descendre dans ce qui serait sa demeure pour la traversée de l'Atlantique, Harry fit office de barrière pour empêcher l'animal de se précipiter dans le trou. Lorsque les harnais furent bien fixés sur l'animal, Ed ordonna aux marins qui tenaient le treuil de soulever l'éléphant. La pauvre bête se mit à barrir et on aurait dit un gros bébé qui braillait, criant toutes ses peurs. Il flotta un pied au-dessus du pont et fut dirigé vers le trou qui menait à la cale, où il fut descendu lentement, toujours aux sons de ses cris de frayeur.

Ed fit le détour par l'escalier pour aller détacher son nouveau protégé. Il savait bien que son ami n'avait pas d'intérêt réel pour les éléphants, alors que lui, il les adorait.

La cale où l'animal résiderait le prochain mois était grande pour lui, pouvant même contenir facilement un éléphant adulte, quoiqu'Ed se demandait bien comment on aurait pu en embarquer un. Il détacha les cordes qui enserraient encore l'éléphant et, quand il voulut lui parler, il se rendit compte qu'on ne lui avait pas encore donné de nom.

«Comment nommer un éléphanteau?» se demandait-il. «Mon p'tit gros? Trop insultant. Libério, en souvenir de son pays? Trop prétentieux.» Ed se rappela les noms des éléphants qu'il avait connus au cirque: El Bimbo, Jumbo, Jimbo et Lobo. Ils avaient tous un point commun: ils finissaient tous par «bo». En nettoyant les blessures pour éviter l'infection de celui qu'il considérait un peu comme «son» éléphant, Ed trouva son nom: Bobo!

— Mon cher Bobo, tu seras bien avec nous. Tu vas faire du *showbiz* et nous te traiterons comme tu le mérites. Tu es en sécurité à présent, et tu mangeras bien tous les jours…

Sam s'était arrangé avec l'officier d'immigration pour la nourriture de l'animal. L'homme avait confié la tâche aux trois jeunes Africains de rassembler de grandes brassées de feuilles d'une grande variété. Ainsi, Bobo pourrait compter sur un menu tendre et succulent en cours de traversée. Et alors que Harry payait chacune des brassées de nourriture à un prix des plus raisonnables, Ed balançait la nourriture dans une auge prévue à cet effet dans la cabine de l'éléphant. Cela permettait de placer dans deux coins différents sa nourriture… et les résultats de sa digestion. Plus facile à nettoyer, et plus appétissant pour l'éléphant ! Le pauvre Bobo n'aurait pas grand place pour bouger, en comparaison avec sa savane natale. Au moins serait-il possible de garder sa cale propre.

☆ ☆ ☆

Le temps des adieux à Sam était venu. Sur le quai, le grand nouvel Africain prit Harry et Ed dans ses bras immenses. La scène intriguait autant les gens à terre que sur le bateau. Les amitiés de ce genre entre Noirs et Blancs étaient très rares, d'autant plus que des conflits armés et des guerres ouvertes sévissaient sur le continent au même moment.

— Adieu mes amis, dit Sam, ému. Soyez sages, mais pas trop. Je vous souhaite de réaliser tous vos projets les plus fous.

— Adieu, Sam, lui rendit Harry. Adieu, Aile de Corbeau. Vis toujours libre et heureux.

— Au revoir, cher ami, ajouta simplement Ed. Peut-être reviendras-tu un jour en Amérique ?

— Peut-être, si un jour l'Amérique se dote d'un président noir…

Tous convinrent que cela n'était pas sur le point d'arriver.

13
Côte-d'Ivoire

Malgré la chaleur intense que dégageait la chaudière, l'hélice du *Noctambule* tournait au ralenti. Les marins avaient tout le temps de pêcher à la ligne car les poissons, même les plus petits, dépassaient en vitesse le bateau. Mais comme la panne était arrivée plus près de la Côte-d'Ivoire que de Monrovia, d'où partait le bateau, il était préférable de continuer à bas régime jusqu'à la destination suivante. Si le navire avait été équipé de rames d'appoint, le capitaine Verboten aurait mis tout le monde à la tâche. Mais, une fois le pont bien astiqué, les marins avaient beaucoup de temps libre devant eux.

Les menuisiers et leurs aides en profitèrent pour construire de nouvelles cloisons et de nouveaux lits en bois dur, en vue de leur prochain chargement. Les couchettes étaient simplement faites de planches de la longueur d'un homme et elles couraient le long de la paroi intérieure, comme dans un négrier. La seule différence : l'absence de chaînes. Mais ceux qui occuperaient ces places n'auraient pas d'autre endroit pour s'asseoir et manger, sinon par terre.

«La baleine», l'ancien bateau pirate, avait été dénudée de tous ses ponts et cloisons. Il ne restait plus que la coque, qui fut démontée jusqu'à un pied au-dessus de la ligne de flottaison. Comme il était de coutume de ne pas couler de bateau sur une route maritime, le *Noctambule* remorqua «la baleine» jusqu'au port de Sassandra, à l'embouchure de la rivière du même nom. Cette partie de la côte était plutôt rocailleuse et inhospitalière, mais les autorités françaises y étaient moins présentes, ce qui suscitait moins de questions pour un bateau portugais. Le *Noctambule* manœuvra pour faire échouer les restes du bateau qu'il remorquait dans la rivière et les laisser aux Ivoiriens. On commença à débiter la carcasse de «la baleine» dès le lendemain, et ce bois qui avait probablement flotté de longues années devint des murs de maisons ou reprit la mer sous forme de plus petites embarcations.

☆ ☆ ☆

Un trajet qui aurait dû prendre deux semaines en dura cinq. Bruno Bonamigo devait trouver un mécanicien plus compétent que celui du *Noctambule*, qui n'avait pu réparer la panne de puissance. Harry avait envie de descendre à terre et Louis Songe lui proposa de l'accompagner puisqu'il parlait français, la langue européenne en usage en Côte-d'Ivoire.

Ils prirent ensemble un repas dans un établissement pour coloniaux. Tous les clients étaient blancs. Ils apprirent des autres convives qui parlaient entre eux que Pedro II, l'empereur du Brésil, venait d'abolir officiellement l'esclavage dans son pays. Puisque ce vaste pays sud-américain était le dernier à bannir cette pratique barbare, bien des commerçants de l'ouest de l'Afrique allaient devoir changer de métier. Un des convives se tourna vers Harry et Louis.

— N'êtes-vous pas Portugais ?

— Non, sire ! lui répondit Louis dans un français impeccable. Je suis Français et mon ami ici présent est Américain.

— Et qu'est-ce vous faites dans c'coin ? questionna l'homme, peu satisfait de la réponse.

— Nous voyageons pour découvrir le monde… poursuivit Louis, un peu nerveux qu'on s'adresse à eux sur un ton agressif.

— Et qu'est-ce vous faites dans 'vie, si j'peux m'permettre ? rajouta par pur défi celui qui, visiblement, voulait la bagarre. Êtes-vous des marchands ?

Un des autres convives répondit à leur place.

— Mais non, tu vois bien ! C'est un prêtre et son enfant de chœur.

— Prêtre ? Ho ! que non ! Je suis poète et mon compagnon de voyage ici présent est magicien. Serait-il malséant de vous prouver nos dires ?

— Pourquoi pas ? s'écria fortement un troisième lascar, un peu plus soûl que les premiers.

Louis et Harry se firent la même réflexion : l'état d'ébriété d'un public ne prédisposait pas à l'appréciation d'un spectacle de poésie et de magie.

Louis s'exécuta le premier. Il chercha quelque chose qui ne parlait ni de mort ni de violence. La femme était probablement un thème heureux pour la circonstance. Il se leva et prit un air dramatique :

« C'est une femme belle et de riche encolure ;
« Qui laisse dans son vin traîner sa chevelure ;
« Les griffes de l'amour, les poisons du tripot ;
« Tout glisse et tout s'émousse au granit de sa peau. »

— Assez, le poète, assez ! cria un des hommes. Nous te croyons. Inutile de brailler jusqu'à demain !

Pas d'applaudissements. Clairement, ils n'aimaient pas la poésie et aucun d'entre eux n'avait reconnu Baudelaire.

Harry se leva à son tour et ouvrit sa petite valise. Le magicien hésita et sortit un mouchoir noir plutôt qu'un jeu de cartes. Il ne voulait pas que Louis sache que le croupier de leurs parties de poker était un as de la manipulation. Harry enveloppa sa tasse de thé du mouchoir, frappa dessus avec sa cuillère pour que tous entendent le son et souleva le mouchoir d'un geste brusque. La tasse et son contenu avaient disparu ! Les buveurs de l'autre table se montrèrent impressionnés, si bien qu'ils mirent tous la main à leur verre pour s'assurer qu'il ne disparaisse pas.

Harry et Louis purent ainsi tirer leur révérence sans se faire importuner davantage par les gens de la place. Ils retournèrent au navire à bord duquel des Africains montaient déjà. Ils avaient attendu le *Noctambule* plus de trois semaines dans le port, tantôt au grand soleil, tantôt à la pluie battante. Ils aspiraient à un peu plus de confort, à l'abri dans le bateau. La seule joie à laquelle ils avaient goûté jusqu'à l'arrivée du navire dans le port était l'annonce de la fin de l'esclavage au Brésil, leur destination.

L'annonce ne les concernait pas directement, car eux, étaient libres. Ces Africains étaient cependant soumis à l'*indenture*, un contrat de servitude temporaire. Ils avaient été recrutés par une plantation de canne à sucre et s'étaient engagés à payer les frais de leur transport, hébergement et nourriture par leur travail une fois arrivés à destination.

Le fils du grand patron de la compagnie brésilienne qui les engageait était avec eux. Il embarqua le premier, compta ses travailleurs comme du bétail puis paya le passage de sa «marchandise» au capitaine. Verboten dépêcha aussitôt quelques personnes, dont Louis Songe, qui parlait français, pour acheter des victuailles supplémentaires pour la vingtaine de nouveaux passagers.

Un de ces voyageurs africains dépassait tous les autres d'une tête et Harry le reconnut aussitôt. Que pouvait bien faire Sam Jones parmi ce groupe? En avait-il déjà eu assez de son retour à ses origines? Harry ne le salua pas, voyant bien que son grand ami voulait demeurer incognito. Il avait coupé très court sa magnifique chevelure et portait des marques aux épaules et aux bras, des scarifications, une sorte de blessures superficielles qui font office de tatouage chez les hommes à la peau foncée. Il avait également abandonné ses habits américains pour adopter la mode africaine. Mais il avait conservé ses magnifiques bottes en peau d'alligator.

Sam regarda Harry un moment et fit un signe de négation, que Harry interpréta comme une demande de ne pas entamer la conversation pour le moment. Le jeune magicien fut étonné de voir que, parmi des hommes au physique imposant, probablement des guerriers, il y avait aussi des femmes et des enfants. Cette population migrait et comptait bien se reproduire et prospérer.

Les marins du *Noctambule* embarquèrent par la suite de longues boîtes contenant de l'ivoire, un matériau précieux qui serait transformé en toutes sortes d'objets de luxe, comme des notes de piano ou des pièces d'un jeu d'échec. «Combien d'éléphants y ont laissé leur peau pour enrichir ces hommes?» se demanda-t-il.

Le moteur ayant été réparé par une équipe de mécaniciens chichement payée, la vie à bord continua normalement. La nouvelle «cargaison» restait invisible aux yeux de l'équipage. Les Africains mangeaient dans leur dortoir à même un gros chaudron dans lequel Jambe de bois mettait tous les restants de table avec un peu de riz, de millet ou de sorgho, une céréale parfois utilisée en fourrage. Il n'était pas question que ces passagers engendrent de grosses dépenses, même s'ils allaient payer pendant des années un fort coût pour cette traversée.

La logique était la suivante: le capitaine demandait une forte somme à l'importateur de la main-d'œuvre; l'importateur chargeait le gros prix à l'exploitant, qui était pourtant son père; et l'exploitant exigeait un prix encore plus élevé aux travailleurs, auxquels il versait un prix dérisoire pour leur travail. En bout de ligne, les travailleurs ne réussissaient jamais à payer pour ce voyage, plus la pension pour le gîte et la

nourriture qu'ils consommaient sur la plantation, d'autant plus s'ils emmenaient femmes et
enfants. Officiellement, l'esclavage était aboli.
Mais le trafic humain existait toujours.

Harry, Ed et Lucy étaient dégoûtés par ce
qu'ils apprenaient. Les deux garçons étaient les
seuls «blancos» ou «békés», comme on les
appelait, à pénétrer dans la cale des Africains.

Un soir, Harry prit contact discrètement avec
Sam, qui ne voulait toujours pas que ses semblables sachent qu'il connaissait quelqu'un sur
le bateau. Sam expliqua à son jeune ami qu'il
n'avait pas beaucoup apprécié la société libé-
rienne car les anciens esclaves comme lui formaient une élite qui exploitait les Africains
restés au pays. Ce bizarre retournement de
situation faisait qu'on avait une meilleure
situation aujourd'hui pour avoir été esclave
dans sa vie! Les Américains-Africains emprun-
taient le mode de vie occidental qui les avait
asservis et, s'ils n'avaient pas d'esclaves, ils
avaient au moins des domestiques. L'idéalisme
du Séminole noir qui croyait trouver une
société égalitaire avait été heurté de front.
Ainsi, Sam avait décidé de s'engager auprès des
marchands de main-d'œuvre pour tenter de
libérer ses nouveaux frères qui ne savaient pas
réellement ce qui les attendait dans le Nouveau
Monde. Par la suite, il entendait retourner au

creux de son marais en Floride pour reconstruire sa maison jusqu'au prochain ouragan.

Harry proposa un spectacle de magie dans la
cale des Africains. Sam accepta de collaborer à
sa mise en scène pour rendre le spectacle plus
comique que dramatique. Le jeune prestidigitateur fit la joie de tous ces voyageurs et des
applaudissements retentirent partout dans le
steamer, à la grande surprise de l'équipage qui
n'avait jamais entendu des cris de joie provenant de cette partie du navire. Le clou du
spectacle tenu en après-midi – car Harry était
encore croupier en soirée – fut la délivrance du
magicien d'une boîte bien ficelée et son rem-
placement par Lucy qui était demeurée invisible jusqu'à ce moment. Elle disparut à nouveau
aussitôt après le spectacle pour sa propre sécurité. Dès lors, Harry devint aux yeux des
Africains «le petit sorcier» et personne ne voulut croire à une illusion; ils étaient convaincus
que le jeune homme était réellement doté de
pouvoirs surnaturels.

14
Angola

Le *Noctambule* longea la côte africaine vers le sud par le golfe de Guinée, croisa les îles São Tomé et Príncipe, qui avaient été des entrepôts d'esclaves, puis fonça à toute vapeur vers l'Angola, la véritable grande possession portugaise en Afrique.

Par un bel après-midi, alors que tout était calme sur le bateau, le capitaine Verboten fit donner un long coup de sirène. Aux passagers qui s'inquiétaient de la raison d'un tel vacarme, l'équipage répondit simplement qu'ils venaient de passer l'équateur et qu'ils se retrouvaient maintenant dans l'hémisphère Sud, la tête en bas. Louis Songe avait en sa possession un globe terrestre qu'il montra à Ed pour lui faire peur :

— Nous sommes ici ! déclara-t-il en pointant la partie inférieure de la sphère.

Le gros Irlandais se demanda comment ses pieds pouvaient tenir sur le bateau, comment le bateau tenait sur l'océan et, surtout, pourquoi l'océan ne se déversait pas dans le ciel.

— C'est la loi de l'attraction universelle expliquée par Sir Isaac Newton, répondit le poète.

— Il ne me l'a pas expliquée, à moi… répliqua Ed.

Comme il ne «plongeait» pas vers le bas ni vers le ciel, le jeune peureux en conclut que Newton devait avoir raison dans son explication et décida qu'il était plus simple de lui faire confiance.

Les voyageurs africains avaient obtenu la permission de monter sur le pont pour prendre l'air deux heures par jour. C'était souvent à ce moment qu'ils entamaient leurs chants rituels, et, une fois par semaine, procédaient à des cérémonies.

Il y avait un griot parmi eux, c'est-à-dire un chanteur sans instrument, un prêtre sans religion et un conteur capable de défiler la liste des ancêtres de la tribu jusqu'à la sixième génération. D'abord maître de la tradition orale, le griot possédait aussi des pouvoirs mystiques, dont la capacité d'entrer en communication avec les ancêtres décédés.

Youssou était un Diabaté, un griot du Mali de la plus pure tradition. Seuls les Kouyatés, dont la caste remontait au tout premier des griots, étaient plus puissants que les Diabatés, qui avaient, eux, le pouvoir de guérir de tous les maux sauf de la mort… Qu'un d'entre eux se soit embarqué dans l'aventure de la traversée de l'océan représentait un signe de la bénédiction des dieux.

Harry arrivait dans ce contexte avec une magie de divertissement, presque une hérésie. Heureusement, le griot ne se sentait pas menacé par le «petit sorcier». Le jeune homme avait la cote auprès des Africains à bord malgré le fait qu'il était blanc. Mais Harry n'était pas sans prétention ; au contraire il était très prétentieux. Il prétendait devenir le meilleur magicien du monde, mais ce monde ne comprenait pas celui du paranormal et du surnaturel, ni les religions ni les sciences occultes. Il aimait bien l'appellation «magicien de divertissement» que Lucy lui avait donné. En effet, Harry faisait du showbiz et voulait avant tout amuser et épater les foules.

Le *Noctambule* arriva à Luanda, capitale de l'Angola, un pays de prairies riche en agriculture et en ressources minérales. Harry et Ed s'appuyèrent au bastingage et regardèrent les marins débarquer dans la grande ville. À bord du navire, la lumière du soleil passait au travers d'eux. Mais lorsqu'ils mettaient pied à terre, ils devenaient opaques. Harry signala le phénomène à Ed, qui refusait l'évidence parce qu'il ne la comprenait pas.

— Ça ne se peut pas! plaida-t-il pour garder sa raison.

— Je le sais, concéda Harry. Mais tu le vois bien comme moi.

Ed refusait toujours. Les deux amis sursautèrent en entendant une troisième voix leur dire :

— Après douze heures à terre, ils deviennent parfaitement normaux. Mais après vingt-quatre heures, ils commencent à «sécher», à perdre leur humidité et à peler.

C'était Louis Songe, qui avait remarqué que les deux jeunes garçons connaissaient le secret de ses collègues.

— Comment? Que dites-vous? demanda Harry en bafouillant.

— Je sais que vous savez, continua le poète avec aise, amusé de la confusion des garçons.

— Mais comment cela se peut-il? demanda Ed, l'air affolé.

— La malédiction d'un sorcier à qui l'équipage du *Noctambule* a fait un grand tort, raconta Louis. C'est Henri le moussaillon qui m'a raconté. Je n'étais pas avec eux lorsque cela s'est produit ; je suis parfaitement normal, moi.

Le poète leur expliqua ensuite que ses collègues vivaient sous leur forme liquide lorsqu'ils étaient en mer et que la densité de leur corps dépendait de la profondeur des eaux. Ils devenaient plus lourds à l'approche du rivage mais disparaissaient en brume au-dessus des fosses marines aux profondeurs insondées. Les membres de l'équipage pouvaient toujours marcher sur le sol et tenir des objets en main, mais on pouvait leur passer un sabre au travers du corps sans les blesser, alors que, même sous la forme brumeuse, ils avaient encore un bon coup de poing. Ed qui, en bon cambrioleur, voyait plutôt des avantages à la situation des hommes, ne comprenait pas leur malheur.

— Ce ne sont pas des hommes, poursuivit Louis. Ils perdent de la masse lorsqu'ils s'évaporent et risquent de s'envoler au vent lorsqu'ils s'assèchent trop. Et, pire que tout, ils ne peuvent rester plus d'une journée sur la terre ferme.

Les deux garçons comprirent au fil des explications que, lorsque le taux d'humidité des marins diminuait trop, ces derniers pouvaient perdre des parties de leur corps qui, heureusement, repoussaient lorsqu'ils naviguaient sur l'eau. Harry et Ed virent à cet instant Henri le Drôle débarquer du navire, les deux oreilles parfaitement semblables, malgré celle arrachée par Lucy.

Comme s'il pouvait lire dans les pensées de Harry, Louis lui avoua qu'il connaissait l'existence de son assistante, la passagère clandestine aux yeux verts, pour avoir vu son spectacle à Lisbonne.

— Très bonne prestation, en fait !

Harry, nerveux, se sentait la gorge nouée.

— Vous… avez vu mon spectacle ?

— Monsieur le magicien-croupier, j'aimerais beaucoup gagner cinq dollars ce soir, car je connais une demoiselle nécessiteuse à Luanda… Je garderai votre secret et je ne chercherai pas à vous faire chanter davantage. En fait, ceci est mon dernier voyage complet. À notre prochaine escale à Lisbonne, je quitterai le *Noctambule* pour rejoindre ma patrie, la France, avec mon pécule. Je ne suis pas riche mais un poète a besoin de peu de choses.

Harry hésita, mais donna son accord d'un signe de tête lorsqu'Ed lui envoya un petit coup de coude sur le flanc.

— Qui d'autre à bord est normal ? demanda encore Harry.

— Patte de chaise, le cuisinier, quoiqu'il soit un peu fou, et les trois frères Johnson, les blonds barbus.

— Pourquoi travaillez-vous sur un bateau maudit ? voulut savoir Ed.

— Pour la paie, qui est bonne, somme toute. Le *Noctambule* a besoin de nous et nous avons besoin d'argent.

☆ ☆ ☆

Ed, qui avait eu peur que Lucy soit finalement découverte, demeura de longues heures auprès de sa compagne. Mais Lucy, qui tolérait de moins en moins d'être confinée dans une petite cabine, passait ses nerfs sur son amoureux. Elle ne pouvait crier sans trahir sa présence, ce qu'elle compensait en grands coups de ses petits poings sur le torse de son homme.

Harry profita de l'escale pour aller marcher dans les rues de Luanda avec Louis, qui avait appris la langue portugaise au fil de ses voyages. Le magicien reconnut aussitôt le quartier colonial à l'image du besoin des Européens de tout ordonner selon leur vision : tout avait la forme carrée. Les maisons, les rues, chaque construction et chaque aménagement formaient des angles droits. Même les jardins avaient leurs carottes bien alignées !

Les Africains avaient plutôt une architecture ronde et leurs huttes se rassemblaient en cercle, comme pour partager un secret. Pour eux, la vie n'était pas droite et carrée : elle sillonnait, plutôt, imprévue, surprenante, voire chaotique.

Harry s'installa avec Louis à une table carrée, bien assis sur des chaises rondes. Une jeune et jolie Africaine servit un jus de fruits au jeune homme et un verre de vin à Louis. Le marin suivit le regard du magicien qui s'attardait sur la serveuse.

— Jolie, n'est-ce pas ?

— Oui, répondit sèchement Harry, un peu gêné de s'être fait prendre à admirer une dame noire.

Il réfléchit un moment puis osa la question qui le troublait :

— Pourquoi ne voit-on jamais d'hommes blancs avec des femmes noires ?

Louis éclata d'un rire bref.

— Ce n'est pas parce qu'on ne voit pas de couples mixtes qu'il n'y en a pas.

— Ils se cachent, alors ?

— Les Blancs croient qu'ils perdront leur statut social, et donc leur pouvoir, s'ils épousent une Africaine. Par contre, beaucoup d'entre eux prennent des maîtresses noires.

— Des femmes nécessiteuses, comme celle à qui vous donnerez les cinq dollars que je vous laisserai gagner au poker ce soir ?

— Heureux que tu comprennes aussi rapidement ces choses de la vie, mon garçon !

Harry n'écoutait plus. Il regardait une voiture sur deux roues et tirée par un cheval, un magnifique hongre noir, qui remontait la rue où Louis et lui étaient attablés. Harry vit la plus belle apparition de sa vie : encore *elle*, la blonde aux yeux bleus et aux chapeaux, qui descendait de la voiture. Mais rêvait-il ? Cela n'était certes pas possible ! Et pourtant, elle était là, toujours aussi blonde et aussi belle, mais portant cette fois-ci un de ces chapeaux très en vogue qui s'attachaient derrière la tête et revenaient vers l'avant comme un capuchon avec des arceaux de rotin recouverts de soie. L'impression en était une de légèreté, de grâce. Et ce chapeau, un cabriolet, comme le lui dit Louis, laissait voir sa magnifique chevelure sans l'écraser, l'entourant plutôt d'une élégante protection.

Que faisait-elle ici, en Afrique ? En Angola ? Un court moment, Harry fantasma qu'elle le suivait. Mais cette pensée fort agréable ne tenait pas face à la réalité, qui devait tenir d'un formidable hasard. New York, Philadelphie, Luanda… Quelles étaient les chances que deux étrangers se rencontrent à trois reprises dans trois villes si différentes ? Elle ne l'avait pas vu… ou ne l'avait pas regardé. Ce n'était certes pas le temps pour le magicien de se faire invisible. Tandis que Louis lui expliquait que, assez étrangement, ce type de voiture portait aussi le nom de cabriolet, Harry se leva, bien décidé à aller à la rencontre de la belle dame. Malheureusement, un homme d'âge mûr – son père, sans doute – lui dama le pion et se rendit à ses côtés pour l'aider à remonter dans sa voiture.

— Je l'ai encore vue ! annonça Harry à ses amis, tout excité.

— Qui ça ? demanda Lucy, peu enthousiaste.

— ELLE !

— Qui ça, *elle* ?

— La blonde que j'ai vue à New York et à Philadelphie.

— Ici ? Mais c'est impossible !

— Oui ! Ici à Luanda, en Angola, en Afrique !

— Et que faisait-elle ici ?

— Elle était belle !

— C'est ce qu'elle fait dans la vie ? Être belle ? Ça ne doit pas être trop fatigant, se moqua Ed.

Harry flottait sur les ailes de l'amour lorsqu'ils allèrent, Ed et lui, assister à l'embarquement des nouveaux passagers. Ils étaient une vingtaine d'Africains, de leur âge pour la plupart, mais aux allures de farouches guerriers. Contrairement aux migrants de la Côte-d'Ivoire, ces Angolais n'étaient pas volontaires pour le voyage vers un «monde meilleur». Ils avaient été vendus par leur famille pour éponger leurs dettes. Ces enfants abandonnés devaient maintenant aller travailler au Brésil pour rembourser ce que leurs parents devaient aux coloniaux, parfois pour l'achat d'un lopin de terre pour le reste de la famille, parfois même pour payer une dette de jeu ou des impôts en souffrance. Les jeunes Africains étaient rasés de chaque côté du crâne, ne laissant qu'une huppe de un pouce de large qui partait du front et se terminait près de la nuque, à l'arrière de la tête.

— Peut-être n'a-t-on pas eu le temps de terminer leur coupe de cheveux ? risqua Ed.

15
Le *jettatore*

Les nouveaux venus furent fouillés puis jetés au fond d'une cale juste à côté de la cabine de Harry et ses amis. Lucy avait plus peur que jamais d'être repérée en raison de la mince cloison de bois qui laissait passer chaque son.

Les trois jeunes voyageurs entendaient en effet tout ce que disaient leurs voisins, mais n'y comprenaient rien. Les Angolais parlaient entre eux une langue bantoue, propre à l'Afrique équatoriale de l'ouest. Ed fit tôt de s'apercevoir que les jeunes Africains n'aimaient pas la nourriture qu'on leur servait; inutile de connaître le bantou pour comprendre cela.

Sam, qui avait tenté de prendre contact avec ce nouveau groupe, découragea Harry de produire un spectacle dans leur cale.

— Ils sont plus méfiants et, surtout, plus amers. Cela risquerait d'être dangereux pour toi que d'essayer de fraterniser avec eux. Tu sais, lorsque des bêtes sauvages se sentent coincées, elles peuvent devenir très dangereuses…

— Mais que dis-tu? Ce sont des hommes, après tout! Et pourquoi crois-tu qu'ils se sentent coincés?

— Ce bateau est une prison pour eux, conclut tristement Sam.

☆ ☆ ☆

Un cri se fit entendre de la vigie: «Terre! Terre! Une île droit devant!»

Le capitaine pointa le bateau droit sur l'île, sans croire qu'il puisse y exister le moindre danger pour eux à aborder sur une terre non répertoriée. En fait, il était de leur devoir de signaler leur découverte afin qu'elle se retrouve sur les cartes... À moins, bien sûr, qu'il s'agissait de l'île à l'origine de leur malheur. Dans tous les cas, ils devaient débarquer, même si ce n'était que pour trouver un peu d'eau douce et de petit gibier.

— Des volontaires? demanda Bruno Bonamigo de sa forte voix.

— Moi! répondit Harry qui avait simplement envie de sentir de la terre ferme sous ses pieds.

— Moi aussi! lança également un jeune Noir, alors qu'on se surprenait qu'un garçon ne parlant pas leur langue ait même compris la question.

— Allons! Allons! reprit le second. Des passagers se portent volontaires pendant que les matelots font semblant de ne pas avoir entendu?

Personne ne releva.

— Dans ce cas, toi, tu es volontaire !

Bonamigo avait désigné Henri le Drôle qui descendait de son poteau. Le moussaillon affichait un sourire crispé mais ne se déroba pas.

Le *Noctambule* s'approcha le plus possible de l'île, à une centaine de pieds de la plage, puis mouilla sa chaloupe où prenaient place les trois braves gens prêts à affronter l'inconnu.

Harry et le jeune Africain empoignèrent chacun une rame pendant qu'Henri s'installa à l'arrière. Personne ne dit un mot jusqu'à ce qu'ils accostent. L'Africain sauta à terre avec élégance et laissa aux « békés » le soin de tirer la chaloupe sur le sable. Il avait déjà franchi la plage et regardait l'intérieur de l'île par delà la ceinture de buissons.

L'île était d'origine volcanique et une montagne trônait en son centre : le volcan endormi. La végétation était abondante et ordonnée, avec une bonne proportion d'arbres fruitiers : bananiers, orangers, palmiers-dattiers et cocotiers. Chose étrange : un potager alignait les légumes et, plus loin, on pouvait voir du millet et du blé qui dansaient au vent. Cette île était sans aucun doute habitée, bien que ses trois visiteurs ne voyaient rien qui puisse servir d'habitation, sauf peut-être une ouverture dans la pierre qui semblait donner sur une caverne. Ils s'avancèrent prudemment.

Harry avait emporté sa petite valise avec lui et Ed lui avait demandé s'il comptait faire un spectacle sur l'île. Le magicien avait par ailleurs revêtu son manteau contenant son poignard et son stylet ; il n'était pas désarmé malgré son air inoffensif.

Henri, lui, portait une carabine, moins pour la chasse que pour surveiller les deux autres. Soudain, une voix provenant de derrière eux les surprit tous trois :

— Ne bougez plus ! Qui êtes-vous et que voulez-vous ?

Chacun répondit dans sa langue :

— Je m'appelle Enrique Aldo, dit Henri, et je suis moussaillon à bord du *Noctambule*…

— Je m'appelle Harry Houdini et je suis passager à bord du *Noctambule*…

— Je m'appelle Biko Diouf et je suis prisonnier à bord du *Noctambule*…

Puis, après ce qui parut une éternité, celui qui les tenait en respect se présenta à son tour :

— Je m'appelle Sundjata Kouyaté et je suis le roi de cette île.

Biko ne se laissa pas impressionner. Il se retourna et déclara fièrement :

— Un roi sans armée ne vaut pas un seul guerrier. Et je suis guerrier.

— Ne vous y trompez pas ! reprit le roi. J'ai une armée ; elle vous entoure en ce moment même.

Les trois hommes regardèrent tout autour d'eux mais ne virent personne.

— Ils sont où, vos soldats ? demanda Biko.

— Regardez plus bas, répondit le djeli.

Autour d'eux, en un rang bien serré et leur tournant le dos, la queue relevée, prêtes à « tirer », une vingtaine de moufettes attendaient l'ordre de leur roi. Harry éclata d'un rire de soulagement, alors que ses deux collègues explorateurs conservaient leur sérieux. Il s'imaginait tirer une moufette de son chapeau plutôt qu'un lapin, en la tenant par la queue plutôt que par les oreilles…

Le djeli lui demanda ce qu'il trouvait de si drôle. Lorsque Harry partagea sa pensée avec lui, l'homme s'avança un peu plus près de lui.

— Ainsi, vous êtes un sorcier américain ?

— Magicien, je préfère.

Henri le regarda avec un drôle d'air car il n'avait pas fait le lien entre le jeune magicien qu'il avait entraperçu à Lisbonne et ce passager à qui il n'avait jamais accordé beaucoup d'égards.

— Êtes-vous seul sur cette île ? demanda encore Biko qui voulait prendre en charge la situation.

— J'ai d'autres sujets, répondit malicieusement le roi.

— Avez-vous de l'eau et de la nourriture ? s'informa Henri.

— En quantité suffisante, merci !

— Ne me remerciez pas ! Nous ne venons pas pour donner mais pour prendre.

— Les derniers qui ont voulu prendre quelque chose sur cette île ne sont plus que des gouttes d'eau au-dessus de l'océan et des grains de sable au-dessus du sol.

C'était bien lui, le sorcier qui avait fait peser sur les marins du *Noctambule* cette terrible malédiction. Henri bafouilla de rage :

— Vous êtes…

— Oui, je suis le *jettatore*, le jeteur de mauvais sorts, répondit le griot, sentant la colère qui montait chez Henri. Je suis celui dont l'île a été dévastée il y a vingt ans par des marins qui manquaient de charbon et de vivres pour leur cargaison d'esclaves. Je suis celui qui a été laissé vivant à la suite d'un terrible massacre et prisonnier d'une île sans ressources. Ces pirates ont coupé mes arbres fruitiers pour les brûler dans leur chaudière ! Ils ont démoli ma maison pour en récupérer le bois ! Ils ont pillé mon jardin et emporté mes chèvres ! Ils ont vidé mon puits et m'ont laissé assoiffé !

— Comment avez-vous survécu ? intervint Harry avec une réelle compassion.

— Grâce à mes amis, à mes animaux. J'ai pêché. J'ai chassé. J'ai fouillé l'île à la recherche de graines et de semences. Des oiseaux m'en ont apporté, d'îles voisines. Ensuite, j'ai rebâti, petit à petit, avec patience, et j'ai reconstruit mon domaine. Et, croyez-en ma parole, je ne me laisserai pas abattre une deuxième fois !

— Avez-vous idée de ce que nous avons subi ces vingt dernières années ? éclata Henri. Regardez-moi : j'ai trente-quatre ans et je n'ai pas vieilli d'un jour !

— Comme c'est terrible pour vous ! répondit le roi avec ironie. La soif et la faim que j'ai endurées n'étaient rien en comparaison avec votre malheur ! Voir pousser un arbre et attendre ses fruits durant des années ne vaut pas la moindre plainte, lorsqu'on pense à l'homme dont le corps ne vieillit pas !

— Je n'ai pas un seul poil au menton !

— Quelle horreur !

Les deux autres s'esclaffèrent, n'arrivant pas à s'apitoyer sur le triste sort d'Henri. Le moussaillon ravala son fiel, voyant bien qu'il ne servait pas sa cause.

— Pouvez-vous lever cette malédiction ?

— Ce mauvais sort jeté sur mes ennemis a été ma seule consolation, un baume sur les plaies à mon corps et à mon âme. Mais je peux sans doute le renverser pour toi qui étais le plus jeune et, sans doute, le plus innocent au moment du pillage.

Le griot se leva, tendit les bras vers le ciel et prononça une incantation incompréhensible, même pour Biko.

— Voilà qui est fait !

— C'est fait? demanda Henri, ayant de la peine à croire que ce fut aussi facile. Je ne suis plus un monstre d'eau?

— Le sort a été levé pour toi. Mais méfie-toi des membres de l'équipage du *Noctambule*; tu n'es plus un des leurs.

— Je ne tenais pas vraiment à eux…

Henri fit quelques pas et se frotta les mains l'une contre l'autre sans qu'il en tombe de poussière. Il était au comble, au bord des larmes, même.

— Merci, merci beaucoup…

— À moi, maintenant, cracha Biko comme s'il lançait un ordre.

— Une malédiction pèse sur ta tête? Laquelle donc?

— Je suis Africain…

— Ce n'est pas une malédiction! Au contraire c'est une joie, un don des dieux!

— Pas quand on navigue vers l'esclavage. Et nous sommes une quarantaine dans cette situation à bord du *Noctambule*.

— C'est une mutinerie qu'il vous faut, pas un sortilège!

— Justement, pouvez-vous nous aider?

Sundjata Kouyaté expliqua au jeune Africain la meilleure façon de venir à bout de l'équipage. Il ne servait à rien d'abandonner les marins sur l'île, car ils n'auraient qu'à retourner à la mer. Et lorsqu'ils étaient dans l'eau, ils ne nageaient pas, ils *étaient* l'eau et se transportaient plus rapidement qu'un requin. Il fallait profiter du moment où l'équipage débarquerait du navire et commencerait à retrouver sa consistance normale. L'idée serait ensuite de leur lancer de grandes pelletées de terre : leur corps absorberait la matière extérieure, ce qui causerait de grands dommages car, à mesure que leur corps se solidifierait, le sable s'incrusterait dans leurs organes. Une pierre aux reins pouvait être très douloureuse, mais du sable dans les poumons ou dans le cœur était mortel !

— Ils plongeront aussitôt à l'eau pour s'en débarrasser ! argumenta Harry, lui aussi intéressé à libérer les prisonniers.

— À moins que mon « armée » leur barre la route ! Vous n'avez pas idée à quel point l'urine de moufette peut faire reculer un homme !

— Mais ils ont des armes ! dit Henri en montrant la sienne, qu'il ne braquait plus sur le roi de l'île.

Le sorcier leur montra des petites billes de céramique qu'il portait dans une poche de cuir.

— Voilà du concentré de… moufette. Si je brise une seule bille, ici et maintenant, tout le monde à bord du *Noctambule* pourra le sentir. Si les carabines venaient à en être imbibées, personne ne pourrait s'en servir.

— Je peux m'occuper de cela, proposa Harry, au grand soulagement des deux autres.

— Fais très attention de ne pas en briser, car tu n'auras plus d'amis pour un bon bout de temps !

Avant leur départ, le sorcier donna à chacun une petite bourse remplie de pièces d'or provenant d'un navire échoué.

— Cet argent ne m'est pas très utile ici. Faites-en bon usage !

16
Mutinerie

Les trois jeunes retournèrent sur le *Noctambule*, Harry et Biko aux rames et Henri à l'arrière faisant mine de les menacer de son arme. Ils effacèrent leur sourire avant de monter à bord car il fallait paraître sérieux pour être pris au sérieux. Henri fit son faux rapport au capitaine : l'île était inhabitée mais il y avait un étang d'eau de pluie, en plus d'un bananier sauvage et d'un cocotier.

— Et du gibier ?

— J'ai entendu des cris de singes au loin…

Le capitaine décida de descendre dès le lendemain matin avec la moitié de l'équipage et quelques barils pour faire le plein d'eau potable.

— Il y aura du singe au menu demain soir ! cria-t-il à ses hommes.

Verboten adorait manger de la cervelle de singe, un mets délicat des plus cruels. On enserrait la tête de l'animal dans un étau, on lui sciait le crâne et on pigeait dedans à la cuillère pendant qu'il était toujours vivant !

Harry s'occupa immédiatement des armes. L'armurerie n'était qu'un simple placard cadenassé, ce qui n'était pas un obstacle pour lui, même si elle se trouvait dans la cabine du capitaine. Il avait préféré ne pas attendre un moment plus propice pour agir, car moins longtemps il gardait les billes de puanteur en sa possession, moins il avait de chance d'en briser une et d'empester le navire au grand complet avant l'heure. Harry décida de placer les petites boules une à une dans les culasses, de sorte qu'au moment de prendre les armes chaque marin risquait fort bien de briser un des contenants fragiles pour laisser s'échapper le liquide nauséabond.

Après le repas du soir, c'était l'heure de la partie de poker, un rituel dont Harry était l'officiant. Après que chacun l'eût payé quinze cents pour ses services, le magicien distribua les cartes en commençant par des mains de faible valeur pour mettre les joueurs en appétit. Sans qu'il n'y paraisse, Harry fit gagner Louis le poète un peu plus qu'à l'accoutumée, mais ce dernier n'était pas cupide et encaissait avec joie ses gains modestes, préférant se coucher lorsqu'il n'avait pas de jeu. Il aurait paru suspect de le faire gagner trop d'argent en trop peu de temps. Mais Harry devait le faire monter à cinq dollars avant la fin de la partie s'il voulait garder de son côté le seul membre d'équipage qui lui avait fait des confidences.

Plus tard dans la soirée, le croupier décida de pousser le jeu en offrant des mains très fortes, sauf à Louis qui déposa ses cartes et alla se chercher un verre de cognac. Les cinq autres joueurs relancèrent à qui mieux mieux, chacun étant persuadé d'être le seul à avoir un jeu aussi fort. Le problème est que tous avaient exactement le même jeu : une main pleine de trois as et deux rois ! Il y avait plus de cinquante dollars sur la table quand les joueurs étalèrent leur jeu. Il y avait quinze as et dix rois !

Évidemment, chacun accusa l'autre de tricher et la bagarre éclata. Harry se retira sagement de la table pour aller retrouver Louis et Jambe de bois qui lui proposa un verre de lait plutôt. Il fallait en profiter puisque le cuisinier entendait servir la dernière vache du navire la semaine suivante.

— À moins, bien sûr, que nous trouvions du gibier sur cette île !

Harry se demanda alors si la moufette était un animal comestible.

Le capitaine avait passé son poing au travers du visage de son second qui étranglait le menuisier dont le cou n'avait plus qu'un pouce de diamètre. Il y avait de l'eau partout mais les bagarreurs se reconstituaient constamment. Et aucun ne souffrait malgré toutes les promesses de sévices mutuelles. Harry et Louis montèrent sur le pont avec leur verre.

— Pourquoi as-tu fais ça ? demanda Louis.

— Parce que j'aime bien les voir s'étrangler.

— Cela ne me fait pas de peine non plus de les voir s'éclabousser la tronche, mais c'est justement tout ce qu'ils feront... s'éclabousser.

— Ce sera déjà ça !

Harry hésitait. Devait-il partager le plan d'action avec Louis ? Le poète pourrait être un atout précieux. D'un autre côté, moins il y avait de gens au courant du complot, plus celui-ci avait de chances d'être mené à bien. Le jeune magicien décida de laisser la nuit lui porter conseil et alla plutôt raconter à Ed, Sam et Lucy ce que le lendemain leur réservait.

Au lever du jour, tout était rentré dans l'ordre et aucun membre de l'équipage ne mentionna leur prise de bec de la veille, qui avait pris fin soudainement lorsque Jambe de bois avait sonné la cloche signifiant l'heure du coucher. Tous étaient maintenant sur le pont, prêts à se rendre sur l'île afin d'y cueillir les vivres dont Henri avait fait mention dans son rapport :

— Il y a de l'eau douce sur l'île : une cuvette au centre qui s'évapore plutôt que de retourner à la mer. Il y a aussi des oiseaux... on dirait des dodos.

L'appétit des marins pour cet oiseau exterminé au siècle précédent n'avait pas diminué. Il s'agissait d'un plat exquis, si l'on en croyait la légende. Aucun d'eux n'en avait mangé mais tous avaient entendu parler de cet oiseau de l'île Maurice, sans prédateur et incapable de voler, qui avait été chassé jusqu'à ce qu'il n'en existe plus un seul.

Le capitaine et son second décidèrent d'organiser immédiatement une chasse : singes et dodos étaient dans leur mire.

— Aux armes ! Marins ! Allons tirer notre dîner !

Une odeur insoutenable éclata soudain dans la cabine du capitaine ; une puanteur qui s'amplifia encore et encore, donnant la nausée à tout le monde à bord. Harry, qui en avait lui-même des haut-le-cœur, était certain que le roi de l'île, à près de un mile du point d'impact, arrivait à sentir ce qui s'en dégageait et savait donc ce qui se préparait. Son armée serait prête.

Une vingtaine de marins sautèrent à l'eau sans leurs armes, suivis d'un capitaine et d'un second fort malodorants, dans l'espoir de se défaire de cette terrible odeur. Ils s'agrippèrent aux barils qu'on laissa tomber dans l'eau à partir du bateau.

— Le capitaine et ses hommes s'en vont sur l'île, cria Verboten à ceux qui n'avaient pas abandonné le navire. Qu'on leur emmène leurs armes !

Les vingt jeunes Angolais, plus Harry et Sam, sautèrent dans les chaloupes et partirent à leur poursuite, sans les fusils. Biko donnait la cadence en frappant un couvercle de chaudron avec le manche d'une hache. Ses confrères, très disciplinés, étaient passés de rébellion en mode révolution. Ils s'échouèrent sur la plage alors que l'équipage y était déjà.

Le capitaine Verboten et ses hommes comprirent aussitôt ce qui se passait.

☆ ☆ ☆

Chacun des deux camps se croyait le plus fort et personne ne reculait. Les marins étaient armés de bâtons trouvés sur la rive et les mutins, de pelles. L'équipage damné du *Noctambule* commençait à sentir la malédiction s'inverser et leur corps se solidifier. Ils n'étaient pas certains des intentions des jeunes qui les affrontaient mais sentirent un danger, une sensation qu'ils n'avaient pas ressentie depuis longtemps.

— Maintenant ! crièrent Harry et Biko en même temps.

Les jeunes Angolais se mirent aussitôt à pelleter du sable sur les corps encore liquides. Alors que les Africains s'acharnaient à la tâche, les marins tentaient de s'avancer vers eux, les bâtons levés pour les frapper et abattre leur fierté.

— Stop ! cria Harry qui avait vu les moufettes prendre place autour des marins.

— À l'eau ! enchaîna Biko.

Alors que les mutins reculèrent dans les vagues, les petits animaux s'alignèrent entre les marins et la mer, bloquant l'accès à une purification. Puis, un grand coup de cymbales retentit sur la colline tout près. Lorsqu'ils se retournèrent, les marins virent le sorcier qui se tenait là, tout souriant.

— Bonjour ! s'écria-t-il d'un air narquois.

Le capitaine reconnut aussitôt celui qui avait rendu ses hommes tels qu'ils étaient après qu'ils eurent dévasté son habitat, mais ne put dire un mot. Il n'avait dans la bouche que le goût amer de la défaite. Ils avaient été piégés. Par des jeunes, en plus ! Par des Africains ! Le capitaine cria finalement, non sans s'étouffer :

— Tuez-le !

— Tuez-le ! répéta le second par habitude, bien qu'il n'était pas sûr qu'il s'agissait là de la meilleure idée. Il aurait pour sa part préféré négocier…

À la grande stupéfaction de tous, le sorcier se transforma soudain en un énorme serpent et s'avança en rampant vers le groupe. Les marins, qui se sentaient faiblir, ne pensèrent pas à fuir. Après tout, ils étaient sur une île, et devant eux, un serpent les menaçait, tandis que, derrière, des moufettes apprivoisées promettaient de les asperger de leur urine infecte.

L'un deux décida d'ouvrir le baril avec lequel il avait flotté jusqu'à l'île et de s'y réfugier. Ne voyant pas quoi d'autre ils pouvaient faire, ses compagnons l'imitèrent aussitôt. Les marins savaient qu'ils se trouvaient désormais à la merci des mutins et du sorcier qui les menaçait, mais personne ne voyait d'autre issue à leur triste situation.

Les Angolais prirent les couvercles laissés au sol et entreprirent de refermer les barils. N'ayant plus le choix que de se conformer, le capitaine, qui n'avait pas daigné s'agripper à un baril pour se rendre à la rive, prit place dans le baril de son second, que Biko tint à refermer lui-même à grands coups de manche de hache.

Un seul marin ne plongea pas dans son baril, préférant se jeter aux pieds des Angolais en les suppliant de l'épargner. Arrivé devant lui, le griot reprit sa forme humaine et le regarda souffrir un moment. Le pauvre homme pleurait et des grains de sable tombaient de ses yeux. Après une courte incantation, le sorcier lui rendit sa forme humaine. Harry avait bien pris note de la formule, toujours intéressé par les tours de ses confrères «magiciens».

Ayant bien vu ce qu'il faisait, le roi de l'île lui proposa :

— Laisse-moi t'apprendre quelque chose de plus utile…

☆ ☆ ☆

Pendant que les nouveaux maîtres du *Noctambule* ramenaient les barils à bord du vaisseau, Harry et le sorcier se dirigèrent plutôt vers l'intérieur de l'île. Le *jettatore* avait quelques réserves de nourriture à partager : des noix de coco, des oranges et une bonne quantité de légumes. « Zut, pas de pommes de terre », pensa Harry. « C'est Ed qui sera déçu... »

Sundjata Kouyaté demanda à Harry de le suivre dans sa grotte et les deux confrères s'assirent directement sur le sol humide pour discuter :

— J'ai vu que tu écoutais lorsque je défaisais le sort des éléments. Mais je peux t'enseigner un sortilège qui te servira beaucoup mieux...

Harry était tout ouïe.

— Aimerais-tu pouvoir communiquer avec les animaux ?

— Je... Oui, j'aimerais bien...

L'hésitation et le froncement de sourcils de Harry indiquèrent que le jeune magicien ne croyait pas vraiment que cela était possible.

— Tu n'es pas obligé d'y croire, dit le griot, comme s'il lisait la pensée de son jeune ami.

— J'y croirai dès que le sort fonctionnera, répondit Harry.

— Bien dit. Alors, il s'agit d'abord de projeter sa pensée. Mais attention : tu ne dois pas penser en mots, mais bien en images, car les animaux ne comprennent pas notre langage. Au fait, dis-moi, as-tu déjà eu des animaux ?

— J'ai déjà eu une souris et un lapin. Et j'ai maintenant un éléphant.

— Un éléphant ? Mais que fais-tu donc avec un si gros animal ?

— J'entends le faire disparaître sur scène.

— La sorcellerie en spectacle ! soupira Sundjata Kouyaté.

— La magie en spectacle… le reprit Harry.

— Bien sûr, bien sûr…

Harry sentait bien que le roi de l'île n'approuvait pas trop. Il compléta néanmoins sa leçon :

— Pour communiquer avec les animaux, tu dois leur montrer une image mentale positive d'eux-mêmes et ensuite leur montrer une image positive de toi-même. Les gens qui ne s'aiment pas ne sont pas aimés des animaux. Tu peux toujours projeter ce que tu aimerais qu'ils fassent pourvu que ce soit amusant. Les hommes n'ont pas idée de ce qu'un animal peut faire simplement par plaisir !

— C'est tout ?

— Non. Pour que cela fonctionne, il faut réciter la bonne formule.

Le sorcier la lui récita lentement, en malinké, que Harry ne connaissait pas.

— Mémorise bien ces paroles, et rappelle-toi qu'un animal ne fait jamais rien contre son instinct, conclut-il.

— Moi non plus, ironisa le jeune élève.

Avant de reprendre le chemin du navire avec ses provisions, Harry risqua une dernière question :

— Si on devait se débarrasser de nos pauvres prisonniers, comment devrions-nous faire ?

— En les vaporisant ! répondit le griot. Lorsqu'ils seront plus légers que l'air, ils deviendront de l'air et ne pourront plus jamais vous embêter.

17
Reprise du pouvoir

La vie à bord du *Noctambule* s'améliora nettement pour ses passagers. Jambe de bois et les frères Johnson furent ravis de ne plus être soumis à ceux qu'ils appelaient entre eux « les têtes d'eau ». Il restait toujours à bord vingt de ces marins liquides qui se soumirent à la volonté des autres, mais Harry et Sam se doutaient bien que cette résignation n'était que temporaire, puisqu'ils étaient encore plus forts que le reste du groupe. Pour l'instant, il fallait faire quelque chose de ceux enfermés dans les barils.

☆ ☆ ☆

Señor Umberto Momento, celui qui avait acheté les contrats de travail des Africains ivoiriens et angolais, devint immédiatement la cible des révoltés qui, changement de plan, ne se rendaient plus au Brésil.

— Savez-vous nager ? lui demanda Biko.

— Très bien, répondit le propriétaire de plantations, hautain.

— Nous attendrons donc d'être très loin de l'île avant de vous jeter à la mer !

Biko voulait sonder ses alliés – surtout Harry et Sam, desquels il se méfiait – pour savoir ce qu'ils étaient prêts à le laisser faire. Une planche fut fixée au bastingage et, dans la plus pure tradition des flibustiers, le señor fut obligé d'y prendre pied et d'avancer jusqu'à son bout... Lorsqu'il tomba à l'eau, les Angolais éclatèrent en cris de joie. Mais les Ivoiriens ne savaient plus que penser. Ils avaient cru sincèrement que cet homme allait leur offrir du travail et une possibilité d'améliorer leur triste sort.

Biko souhaitait aussi qu'on se débarrasse de l'équipage dans les barils.

Dans leur cabine, Harry, Ed, Lucy et Sam discutaient ferme de la façon dont ils allaient résoudre la situation.

— Il est vrai que les autres marins d'eau pourraient vouloir libérer le capitaine, plaida Sam.

— Et nous ne pouvons les traduire devant une cour de justice, argumenta Harry. Car si leur comportement est injuste et répréhensible, il n'est pas contraire à la loi.

Le fils de rabbin se disait que les problèmes moraux relevaient plus du domaine de son père que du sien. Il se demanda bien ce que son père aurait fait, lui, s'il s'était trouvé parmi eux, au beau milieu de l'Atlantique.

— Demandons-nous d'abord comment nous pourrions nous en débarrasser, suggéra Lucy.

— Le roi de l'île m'a conseillé de les faire bouillir et de les transformer en vapeur, dit Harry.

— Je te l'avais dit ! triompha Ed, qui, effectivement, avait déjà parlé de cette solution mais qui, comme d'habitude, n'avait pas été pris au sérieux.

Solution adoptée. Harry dut convaincre Biko de son plan, ce dernier étant devenu *de facto* le chef des Angolais et voulait maintenant devenir le chef de tous les Africains à bord.

On entreprit donc de jeter les barils un à un dans la chaudière, en commençant par celui du capitaine Verboten et son second. La chaudière étant faite de métal comme un chaudron et bien isolée, la seule issue était la cheminée, par où tous les prisonniers passèrent sous forme de vapeur. Quelques cris d'épouvante se firent entendre, lesquels se terminèrent en sifflement à l'ouverture de la cheminée pour se taire enfin.

Mais le reste de l'équipage, qui s'était soumis aux mutins, voyait bien le sort qui les attendait. Ils n'entendaient pas se laisser faire de la sorte. L'orage couvait.

☆ ☆ ☆

Une nuit, Harry se réveilla en se faisant surprendre par une main humide qui lui couvrait la bouche, l'empêchant de crier et même de respirer. Il fut traîné hors de sa cabine et conduit de force jusqu'au pont supérieur, à l'extérieur. Croyant sans doute qu'il avait été l'instigateur de la mutinerie, ceux qui restaient de l'équipage original du *Noctambule* le bâillonnèrent et lui passèrent ce qui ressemblait à une camisole de force, un survêtement de contention pour les fous agités. Alors qu'on s'acharnait sur lui, Harry prit une grande respiration en se gonflant pour se laisser le plus de place à l'intérieur du vêtement. On l'accrocha ensuite à la grue, mais ce n'était pas pour le descendre dans la cale de Bobo…

Le soleil se levait et Harry suait à grosses gouttes, non pas parce qu'il faisait chaud, mais bien parce qu'il s'inquiétait pour la suite des choses. Il se répéta en lui-même qu'il était le grand Harry Houdini et qu'il était capable de se sortir de n'importe quelle situation. Alors qu'on le faisait passer par-dessus bord et qu'on le descendait lentement dans l'eau, le jeune magicien tentait de crier au secours. Si Ed, Sam ou Biko étaient trop loin pour l'entendre, il espérait à tout le moins que son éléphant l'entende puis qu'il relaie son appel par des barrissements. Mais Harry n'entendit rien. Alors que ses pieds touchaient à l'eau, il sentit qu'on coupait la corde. Tout était perdu, croyait-il.

Harry ne tomba que de deux pieds. Il touchait le fond et n'avait de l'eau que jusqu'à la taille.

Il avait beau regarder autour, il ne voyait que le *Noctambule* qui voguait vers l'ouest, à l'opposé du soleil levant.

N'apercevant aucune terre ferme à l'horizon, Harry se sentait seul au beau milieu de l'océan. Le «roi de l'évasion» se débattit un peu et réussit rapidement à se défaire de sa camisole de force, puis de son bâillon, mais il n'était pas au bout de ses peines pour autant. Il cria à pleins poumons, mais personne à bord du navire qui s'éloignait ne lui répondit.

Harry se sentait au bord des larmes. Il pensa à son père, qui ne serait pas très fier de le voir ainsi. Mais ô comment il aurait aimé voir son père, lui, se pointer dans un gros bateau. Peut-être devait-il prier, comme le lui avait enseigné son père?

En tâtant du pied le fond de l'océan, Harry s'aperçut que le sommet de sa montagne sous-marine avait tout juste trois pieds de diamètre.

— Je te nomme le mont Houdini! dit-il à haute voix, en trouvant moyen de sourire malgré l'ampleur de la situation.

☆ ☆ ☆

Harry ne trouva pas de réponse à sa prière, bien que cela l'eût calmé un peu.

Il fit un bilan rapide des ressources matérielles à sa disposition: un caleçon et un chandail, ainsi qu'une camisole de force qui flottait quelque part.

Du choc des idées surgit un souvenir récent : le griot, qui lui avait supposément enseigné comment communiquer avec les animaux. «Et si cela fonctionnait ?» pensa Harry en désespoir de cause.

Que fallait-il faire ? D'abord choisir un animal. Le contexte océanique ne lui suggérait qu'un requin, un gros requin. Non ! C'était bien le dernier animal auquel il voulait penser. Il le vit pourtant tout souriant de son immense mâchoire et de ses dents tranchantes. Il se l'imagina même danser sur les flots avec son chapeau haut-de-forme.

Quel animal pouvait lui porter secours ? Un cheval de mer sur lequel il embarquerait à la poursuite du *Noctambule* ? «Mais non, un hippocampe, c'est minuscule», se souvint-il. Une baleine ? «Trop gros !»

Une image mentale se formait dans l'esprit de Harry : un petit mammifère marin de la taille d'un requin, un bec allongé et sa gueule formant un sourire fendu de part et d'autre de sa tête. Que fallait-il faire, ensuite ? Ah oui : projeter une image positive de soi-même. On pouvait appeler cela de la confiance, de la vanité ou du narcissisme, mais Harry gardait toujours une image très positive de lui-même. Troisième étape : projeter une image positive de l'animal évoqué. À présent : l'incantation. Harry, qui l'avait apprise par cœur, la récita à

voix haute, les yeux fermés. Lorsqu'il les rou-
vrit, ils étaient là, nageant autour de lui : huit
magnifiques dauphins. Retenant son euphorie
soudaine, Harry se souvint de la dernière
étape : leur proposer une action amusante.

Comme si les animaux avaient pressenti ce
que Harry s'apprêtait à leur demander, il les
entendit émettre de petits cliquetis qui se rap-
prochaient étrangement du rire. « Nageons
ensemble, pour le plaisir » pensa-t-il. Deux dauphins l'effleurèrent une première fois, puis
revinrent à ses côtés. Harry saisit délicatement
leur nageoire dorsale et se laissa emporter par
leur enthousiasme. Il regarda vers l'ouest et ne
vit que la fumée du *Noctambule* : elle était rouge.
Quelque chose de grave se passait à bord. Le
magicien imagina une course effrénée vers le
navire, et sentit aussitôt monter la cadence de
la nage. Les dauphins prenaient plaisir à sauter
hors de l'eau et à replonger, et Harry s'agrippait
aussi fermement que possible sans leur faire
mal. Il voyait le bateau grossir jusqu'à ce qu'il
arrive à le toucher enfin. Lâchant ses nouveaux
amis pour saisir une corde qui pendouillait le
long du navire, Harry eut une dernière pensée
heureuse pour les dauphins qui continuèrent
de tourbillonner joyeusement dans les airs et
dans l'eau.

18
Deuxième mutinerie

Harry se hissa à bord discrètement, ne sachant pas ce qu'il y trouverait, ignorant si le *Noctambule* était entre les mains de ses amis ou de ses ennemis. Tout ce qu'il savait était que l'équipage original le croyait débarrassé pour de bon.

Voyant qu'il faisait des flaques d'eau sur le pont, Harry chercha à se changer. Il profita d'une lessive qui finissait de sécher sur des cordes tendues de l'autre côté du navire. Alors qu'il enfila le dashiki, presque sec, d'un jeune Ivoirien qui venait de le nettoyer, Harry eut une idée. Il vida une cuve et la remplit de linge avant de descendre à la cuisine. L'endroit était calme, n'ayant plus accueilli de poker depuis la dernière partie catastrophique.

Harry entra dans la cuisine où quelqu'un nettoyait les chaudrons. Comment se faire discret habillé d'un dashiki trop grand et traînant une cuve dans une cuisine où s'empilaient des assiettes et des plateaux de verres et de tasses ? Le jeune homme se faufila sans bruit entre ces montagnes de casseroles qui auraient pu dégringoler dans un vacarme infernal. Il s'approcha et s'aperçut que c'étaient Ed et Jambe de bois qui s'affairaient dans la cuisine.

— Ne criez pas et ne faites pas de bruit, leur souffla doucement Harry.

Ed se mit les mains sur la bouche et étouffa un cri de joie. Son visage reflétait tout le plaisir qu'il avait de retrouver son ami vivant alors qu'on venait de lui annoncer sa mort, avant de le mettre à la corvée des casseroles. Son estime déjà très grande du magicien monta en flèche. Il croyait réellement que Harry Houdini avait des pouvoirs surnaturels. Le cuisinier, plus pragmatique, remarqua la cuve et les vêtements:

— Tu fais de la lessive? demanda-t-il.

— J'ai une idée pour renverser l'équipage. Donnez-moi un état de la situation.

Jambe de bois lui rapporta tout des dernières heures. Le réveil avait été brutal: ses confrères s'étaient rués sur les Angolais qu'ils considéraient comme les plus dangereux. Biko fut le premier à être tué, suivi de trois autres Africains, estropiés à coups de machette. Les mutins avaient tenté tant bien que mal de se défendre, mais rien n'avait été efficace contre les marins d'eau. Sam et Ed leur avaient envoyé de la cendre au visage, ce qui les avait ralentis, mais l'ennemi n'avait jamais perdu le contrôle de la situation.

— Il doit y avoir des hauts-fonds dans le secteur, car ils semblaient commencer à se solidifier…

— Cela, je puis le confirmer, acquiesça Harry. Et maintenant ?

— Ils sont bien peinards dans la salle qu'occupaient les Angolais. Ils ont posté des gardes à la porte.

— Combien ?

— Quatre.

— Entendu. Ed, va chercher Sam, et ramène-moi ma petite valise, s'il te plaît. Quelques pétards devraient les étourdir un peu…

— J'y avais déjà pensé, lui avoua Ed. Je les ai balancés dans la cheminée. Tu n'as pas vu la fumée rouge et bleue que crachait la cheminée ?

Harry continua avec un sourire indulgent pour son ami.

— Greg, trouve-moi des chaudrons, comme celui-ci, et autant de linge sec que possible.

Lorsque Sam et Ed le retrouvèrent à la chaudière, Harry leur dévoila son plan :

— On a tenté de les combattre avec des armes de métal, n'est-ce pas ?

— Et un peu de cendres, ajouta Sam.

— L'idée de la cendre était déjà la meilleure.

Harry leur expliqua que les étoffes serviraient à absorber leur «liquidité» et qu'il ne s'agirait que de balancer les linges imbibés dans les chaudrons, qu'on couvrirait aussitôt pour les empêcher de se reconstituer.

À peine les trois hommes s'étaient-ils mis d'accord que les quatre marins en faction les surprirent :

— Toi, le magicien, dit l'un d'eux. Je croyais que tu avais disparu…

Harry se retourna et lui balança un premier linge au visage. Une partie de son visage fut aussitôt absorbée. Ed et Sam n'attendirent pas un instant de plus : ils s'armèrent de guenilles et s'élancèrent sur leurs adversaires pour les éponger. À mesure que les étoffes s'imbibaient, ils les lancèrent dans un chaudron, qu'on recouvrait aussitôt. Le vacarme de cette pagaille alerta les autres marins et attira tous les passagers à bord, qui s'affrontèrent dans une terrible bagarre. Les Africains, plus nombreux que leurs adversaires, relayaient les chaudrons pleins jusqu'à la chaudière comme une chaîne humaine échange des seaux d'eau pour éteindre un incendie. Un seul chaudron fut renversé au cours de l'opération et une tête orpheline se reforma, sans que personne n'en soit effrayé pour autant. On la rattrapa aussitôt, l'absorba dans un linge et la renvoya avec les autres dans la chaudière.

Bientôt, il ne restait plus que les vêtements détrempés des vingt marins, dont on se débarrassa de la même façon. Leurs propriétaires s'étaient envolés en vapeur, comme le capitaine

Verboten et les autres qu'on avait enfermé dans des barils sur la plage de l'île de Sundjata Kouyaté. Ainsi, ils allaient à jamais se reconstituer, mais seraient dispersés en pluie, en bruine, en neige ou en brouillard, partout sur la planète.

☆ ☆ ☆

Une nouvelle accablante attendait Harry.

Dès qu'on l'avait jeté par-dessus bord, on avait abattu son éléphant afin de le servir à manger aux voyageurs. Ainsi, les marins allaient garder pour eux seuls la nourriture, plus appétissante, rapportée de l'île par Harry. S'il avait ressenti de la pitié un moment, le magicien concédait maintenant que les marins maudits avaient bien mérité le sort qui leur avait été réservé.

Le voyage allait donc s'avérer inutile.

Bobo l'éléphant avait bel et bien été servi au nouvel équipage, mais Harry et Ed refusèrent d'en manger.

Pour sa part, Ersatz Kirch, le marin qui avait été gracié par le griot, s'était bien racheté. Jamais il n'avait pris la part de ses anciens camarades d'infortune, tout comme Henri le Drôle, d'ailleurs, qui, ayant retrouvé le bonheur, devenait de plus en plus drôle. Kirch, qui avait toujours été le navigateur du *Noctambule,* reprit ses fonctions, prêt à conduire le navire à bon port.

— Où va-t-on, capitaine ? demanda-t-il à Harry.

Personne ne contesta le titre ainsi octroyé au jeune magicien.

Harry tint conseil auprès d'Ed, Lucy et Sam et décida finalement qu'il valait mieux éviter le Brésil. Plus personne ne croyait qu'un avenir radieux l'y attendait. Sam était heureux que les Ivoiriens choisissent l'inconnu plutôt qu'une forme d'esclavage quelconque, même temporaire. Les Angolais se consolaient de la perte de leur chef en se disant que les dettes de leurs parents avaient été payées par le señor mais que la plantation où ils auraient dû travailler les dix prochaines années manquerait de main-d'œuvre…

Harry demanda à Sam s'il y avait de la place pour quelque trente-cinq nouveaux Séminoles dans son marais.

— Je ne crois pas que ce soit la vie qu'ils recherchent, lui répondit son grand ami.

Philadelphie, peut-être? Harry avait envie de ramener le bateau à son propriétaire légitime, l'armateur ami de Ken Colt, qui avait rendu possible cette grande aventure.

Le navigateur pointa droit au nord pour accrocher le Gulf Stream. Lorsqu'il l'atteignit, il se laissa guider par le courant.

Biko Diouf eut droit à des funérailles solennelles. Une grande cérémonie arriva à réunir les cultures et les bonnes intentions de chacun à bord. Ce fier petit révolté qui n'avait pas accepté son sort avait réussi au final à améliorer celui de plusieurs autres. On célébra son courage, qualité première du guerrier, avant de lui donner son dernier repos en le jetant à la mer.

Le *Noctambule* remonta la côte du Brésil et des Guyanes à distance appréciable car, techniquement, en prenant le contrôle du navire, les membres de son nouvel équipage étaient devenus des hors-la-loi, des pirates modernes.

Au cinquième jour après l'affrontement, la vigie, Henri le Drôle, signala une terre à bâbord. Harry s'inquiétait des réserves d'eau à bord, comme il convenait à un bon capitaine de voir à ce que ses hommes ne meurent pas de soif. Bien entendu, les Africains préféraient avoir un peu soif plutôt que de fouler la terre qui les aurait soumis à de longues années de travail sans espoir. Selon les calculs du cuisinier, les réserves suffiraient pour quelques jours encore. Le fait de ne plus avoir d'éléphant à bord jouait drôlement en leur faveur, ici.

Harry avait bien sûr été déçu de la tournure des événements, mais il comprenait dans sa grande sagesse qu'aucun animal n'est plus important qu'un être humain. Son projet de faire disparaître un éléphant sur scène ne serait que partie remise. Lucy lui avait offert de partager Majesté pour qu'il la fasse disparaître, à la seule condition qu'il la ferait réapparaître à chaque représentation. Harry s'était aussitôt imaginé le scénario, qui était très prometteur au demeurant…

Lucy était très heureuse d'être sortie de la clandestinité et de pouvoir enfin respirer l'air du large. Elle était littéralement devenue la figure de proue du bateau. Chaque matin, la jeune Chinoise aux yeux verts s'installait à l'avant du navire, les bras en croix, pour goûter le premier vent du jour. Ed venait la rejoindre pour s'assurer qu'elle ne passait pas de l'autre côté du bastingage.

Les occupants du *Noctambule* entendaient bien profiter au maximum de ce qu'il restait du voyage.

19
Ouragan

La terre aperçue par la vigie s'avérait être les îles du Salut ou les îles du Diable, selon le point de vue. Car si la population guyanaise avait pu y trouver refuge, et leur «salut», alors qu'une épidémie dévastait leur pays, ces îles étaient, au moment où le *Noctambule* passait au large, une colonie pénitentiaire française. La France y envoyait les rebuts de sa société : meurtriers, violeurs, voleurs et tous ceux dont elle ne voulait plus sur son territoire. Nul besoin de clôtures et de miradors ; il y avait l'océan.

Le *Noctambule* poursuivit sa route vers le nord et les Antilles. Le navigateur et le capitaine voulaient déborder les îles par l'est et arriver directement dans le port de Philadelphie, où Lucy espérait reprendre possession de Majesté et où Harry voulait récupérer le reste de son matériel de magie laissé en entrepôt.

☆ ☆ ☆

Harry avait tout raconté à Ed et Lucy de sa rencontre avec le roi Sundjata Kouyaté, y compris la poche de pièces d'or qu'il lui avait donnée.

Le jeune magicien donna même une pièce d'or à chacun de ses deux amis, gardant les douze qui restaient pour lui-même.

— S'il m'arrive malheur, n'oubliez pas de fouiller mes poches !

Ses amis lui promirent d'y penser. La bourse de Biko avait été distribuée aux jeunes Angolais qui auraient pu utiliser l'argent pour racheter leur liberté, mais qui s'en serviraient plutôt pour démarrer une nouvelle vie en Amérique.

Un matin, alors que Lucy et Ed se tenaient à l'avant du navire, le vent se leva subitement, soufflant avec puissance dans toutes les directions. Les jeunes amoureux bénirent leur chance de ne pas naviguer sur un bateau à voiles, qui aurait sans doute déjà perdu un mât. Ils allèrent tout de même en toucher un mot à Harry, qui avait gardé la même cabine, même si le titre de capitaine lui aurait donné le privilège d'occuper le gaillard d'avant. Bien que les armes qui se trouvaient dans l'ancienne cabine du capitaine Verboten avaient été minutieusement nettoyées et astiquées, il y régnait toujours une odeur tenace de moufette, tolérable sur le pont par grands vents mais insupportable dans la petite pièce.

Sam était déjà avec Harry lorsqu'Ed et Lucy vinrent le retrouver.

— Tant que ce n'est pas un ouragan ! lança le grand Africain aux trois jeunes, visiblement inquiets.

Ils avaient traversé tant d'épreuves qu'ils espéraient arriver à bon port sans autres histoires.

Sam fut alors renversé par une bourrasque particulièrement violente.

— Quand un vent est capable de dépeigner un Africain, on appelle ça un ouragan! cria-t-il au-dessus du vacarme.

Le pire endroit où se trouver au moment d'un ouragan étant évidemment sur l'océan, le navigateur chercha une terre où accoster d'urgence.

— Attachez-vous! ordonna Harry dans un accès d'autorité, alors que tous ceux qui étaient sur le pont s'agrippaient déjà pour ne pas passer par-dessus bord.

La pluie commença à tomber tout d'un coup, comme si les nuages se vidaient de tout leur contenu sur le navire. Pourtant, ils étaient toujours aussi noirs et menaçants. La lessive qui était étendue l'instant d'avant volait en tous sens, complètement trempée de nouveau. Henri le Drôle descendit de son poteau d'un seul trait, abandonnant la vigie pour épargner sa vie. De toute façon, au niveau du pont ou trente pieds au-dessus, on ne voyait rien à vingt pas.

Soudain, silence.

Le vent tomba et la pluie cessa.

— Nous sommes dans l'œil de l'ouragan! s'exclama Sam qui avait vécu maintes fois le phénomène dans les Everglades. Il faut y rester! Harry et Ed, à la barre!

Sam s'attacha à la balustrade pour crier ses consignes à Harry. Ed devait pour sa part les relayer au navigateur par un large tuyau qui descendait à la salle des machines. À tribord, une girouette indiquait la direction du vent et, à bâbord, un gyroscope en indiquait la force. Tout était en place pour demeurer le plus longtemps possible dans la partie centrale de l'immense système, où les vents étaient réduits à zéro.

Sam faisait un pari risqué. Si les vents d'un ouragan peuvent grimper à plus de cent cinquante miles à l'heure, le système entier ne se déplace qu'à quarante nœuds à l'heure, une vitesse que le *Noctambule* pouvait maintenir. Mais il ne fallait surtout pas toucher aux bords de l'œil, ce qui se traduirait par un naufrage certain.

Évidemment, il fallait suivre l'ouragan dans son sillon, mais l'équipage n'avait aucun contrôle sur sa destination ni sur la brutalité de l'accostage au final. Chose certaine, il valait mieux se briser sur une île que d'être projeté en plein ciel…

— À bâbord, toutes! indiqua Sam qui se servait autant de son instinct que de ses observations.

Harry forçait pour tourner la barre, mais elle résistait. Ed vint l'aider, suivi de Lucy.

Louis Songe, qui observait la scène à l'abri de la pluie sous une trappe, enregistrait ses impressions qu'il mettrait par écrit plus tard… si le *Noctambule* survivait, bien sûr.

Soudain, on entendit Sam rugir comme une bête sauvage qu'on vient de capturer. Le vaisseau fit un bond de trois pieds au-dessus de l'eau et Sam fut soulevé d'aussi haut. Il avait vu une vague immense foncer droit sur le bateau mais n'avait pas eu le temps de l'éviter. Il faisait maintenant des gestes frénétiques pour que le bateau fasse demi-tour et reçoive par derrière le banc d'eau qu'il voyait arriver. Le tour était presque complété quand la vague frappa de biais, bousculant tous ceux qui étaient sur le pont et ouvrant bien grand la trappe sous laquelle Louis s'était réfugié pour regarder l'action. Le poète se retrouva aussitôt auprès des autres, s'agrippant lui aussi pour ne pas se faire balancer à la mer.

Au bout de trois heures de ce régime épuisant, Sam cria, plus fort que le vent : «Terre ! Terre !» Une île se profilait à l'horizon et le navire s'en approchait à grande vitesse. Impossible de ralentir sans être happé par l'ouragan, qui ceinturait toujours le *Noctambule*. Le vent déchaîné balayait même la poupe du bateau et Harry donna l'ordre d'accélérer encore avant que Sam n'eût à le faire.

Le navire chargeait vers une petite baie fendue par une rivière. Quelques habitations, dont certaines à moitié démolies déjà, se profilaient sous la tempête. Le navire s'engagea à toute vitesse dans la rivière, qui était en fait une rue dans un village inondé. Le *Noctambule* se stabilisa brusquement sur la grande place du village et Sam fut catapulté, ses attaches ayant rompu sous le choc. Il vola bien haut dans les airs pour passer au travers du toit d'une maison et atterrir dans la cuisine d'une jeune veuve qui, incidemment, priait tous les jours pour que Dieu lui envoie un nouveau mari. Dieu venait d'exaucer son vœu de façon spectaculaire. Jamais l'orage n'avait apporté un si grand coup de foudre…

Les passagers du *Noctambule* se rendirent dans le ventre du navire pour bénéficier de sa protection, alors que le navire encaissait les dernières secousses de l'orage. Comme le mobilier était fixé bien en place, ce n'étaient pas les tables et les bancs qui volaient partout, mais les passagers plutôt.

Au bout de quelque temps, la tempête se calma, laissant le *Noctambule* gîté de quarante-cinq degrés. Harry, Ed, Lucy, Henri et Louis sortirent par une trappe et glissèrent sur le pont pour mettre pied à terre. Des villageois hagards s'extirpaient des décombres de leur demeure et regardaient, éberlués, ce grand bateau qui avait aboutit devant leur église. Harry s'adressa à l'un d'eux :

— Où sommes-nous ?

Il n'obtint aucune réponse. Était-on trop estomaqué pour répondre ou ne parlait-on pas sa langue ici ? Henri répéta la question en portugais ; pas de réponse. Louis essaya enfin le français. Cette fois, un homme lui répondit :

— Vous êtes à Petite-Anse.

Personne de l'équipage ne connaissait ce nom.

— Dans quel pays ? demanda encore Louis, se sentant un peu idiot de paraître aussi perdu.

— «Ayiti», répondit le même homme. Soyez les bienvenus…

Épilogue

Ce fut le dernier voyage du *Noctambule*. Le navire fut rafistolé et remorqué vers la mer où trois jeunes gens courageux, Harry Houdini, Ed Ryan et Lucy Lee le firent conduire au premier port américain, soit Miami. Ils l'abandonnèrent simplement à quai, se disant que son nom suffirait aux autorités du port pour retrouver le propriétaire légitime de ce vieil amalgame de bois, de métal et de caoutchouc.

Sam resta en Haïti avec Michelle, celle dont il avait traversé le toit de la maison au cours de la tempête et qu'il avait prise pour épouse la semaine suivante. Le grand Africain d'origine avait fait un long voyage pour trouver une terre de liberté et s'était installé finalement dans l'unique pays des Antilles fondé par des anciens esclaves. Sam était le seul dans tout le pays à avoir des bottes en peau d'alligator. Harry lui avait donné une pièce d'or pour l'aider à reconstruire sa nouvelle vie.

Louis retourna en France après un séjour prolongé dans une autre île des Antilles, la Martinique, qui était de possession française.

Lorsqu'il regagna sa mère patrie, il tenta de faire publier les aventures du *Noctambule*, mais personne ne crut à cette histoire de fantômes à vapeur.

Henri le Drôle, comme les autres passagers du *Noctambule*, qu'ils furent d'origine angolaise ou ivoirienne, furent accueillis en Haïti où ils établirent leur demeure. Henri se laissa enfin pousser la barbe.

☆ ☆ ☆

Harry entra dans une boutique de souvenirs du port de Miami où l'on vendait des décorations et divers produits en lien avec la mer, comme ces navires miniatures en bouteille. Le jeune magicien, et capitaine pour un court laps de temps, regardait ces petits chefs-d'œuvre quand il fut attiré par une maquette en particulier. Ce navire embouteillé n'était pas un voilier comme les autres, mais bien un bateau à vapeur. Mieux encore, il n'était pas construit sur un fond de roches mais flottait plutôt sur un liquide huileux. Peu importe la façon dont on tournait et retournait la bouteille, le bateau restait à flot et tournait avec elle. Son cœur se serra en lisant le nom peint sur sa coque : le *Noctambule* !

Extrait du livre
Confidences d'un prestidigitateur
de Robert-Houdin

DEVINEZ LA COULEUR DES CARTES

Avant de faire ce tour, vous devez séparer les cartes rouges (cœurs et carreaux) des noires (trèfles et piques) en deux piles. Prenez la pile des rouges, face vers le haut, puis pliez-la vers l'arrière, formant un arc. Prenez ensuite la pile des noires et, cette fois, pliez-la vers l'avant, formant un arc inverse au premier. Rassemblez les deux piles et brassez-les.

Le plus rapidement possible après cette étape préparatoire, tendez le jeu de cartes à un spectateur et demandez-lui de les brasser. Reprenez le jeu et étalez, une à une, les cartes sur la table, face vers le bas. Vous verrez que les extrémités des cartes rouges se soulèvent subtilement de la table, alors que les cartes noires sont légèrement bombées.

Vous pouvez à présent identifier la couleur de toute carte désignée par votre spectateur. Laissez-le vous en indiquer quatre ou cinq avant de ramasser le tout pour ne pas lui laisser l'occasion de s'apercevoir que les cartes ont été déformées.